Visionär

Ein Science-Fiction-Roman

Richard G. Hole

Science-Fiction und Fantasy

ZUSAMMENFASSUNG

Zweihundert Jahre nach der ersten Atomexplosion in Hiroshima und Nagasaki hatte der Mensch gelernt, die Kraft des Atoms für etwas Nützlicheres und Konstruktives zu nutzen, als sich selbst zu vernichten.

Im Jahr 2145 wurden alle Raumschiffe mit Kernenergie angetrieben, die in der Lage waren, die Schwindelgeschwindigkeiten zu erreichen, von denen er immer geträumt hatte.

Das Universum blieb für ihn jedoch unendlich und die hypothetische Oberfläche des Planeten Saturn unerreichbar ...

Visionär ist eine Geschichte aus der Science-Fiction-Reihe, einer Sammlung von Science-Fiction- und Fantasy-Romanen

VISIONÄR

KAPITEL I

Saturn hatte jetzt elf Monde.

Seinen zehn natürlichen Satelliten war es durch die Arbeit und Wissenschaft des Menschen gelungen, den künstlichen Satelliten in die Umlaufbahn zu bringen, der seine Funktionen als eifersüchtiger Beobachter des Planeten erfüllte, der mit den mysteriösen Ringen geschmückt war, die ihn umgeben.

Der "Saturn XI" war eine kleine metallische Welt, ein Wunderwerk der Technik und Elektronik. Auf den ersten Blick unterschied er sich äußerlich nicht viel von den anderen zehn natürlichen Satelliten, die seit der langen Nacht der Zeiten den sechsten Planeten in der Reihenfolge vom kleinsten bis zum größten Abstand von der Sonne umkreisten.

Aber innen, auf der "Saturn XI", war alles anders.

Fünfhundert Menschen schwärmten dort aus und kämpften darum, die Mysterien zu lüften, die den Planeten mit den Ringen umhüllten, um eines Tages zu seiner langen Reihe von Weltraumeroberungen hinzuzufügen, Menschen, die begierig darauf waren, zumindest sein gesamtes Sonnensystem zu beherrschen.

Dahinter, weit dahinter, war die Eroberung des Mondes, die von Mars, Venus, Merkur und die des Riesenplaneten Jupiter.

Beobachtungen und Vermessungen von Uranus, Neptun und dem fernen Pluto, die sich in den Grenzen des Sonnensystems verloren hatten, hatten ebenfalls Erfolg und boten den Bewohnern der kleinen Erde die Grenzen, die den äußeren Hyperraum markierten.

Aber jetzt, bevor er sich auf das phantastische Abenteuer einlässt, weiter auf der Suche nach den Sternen zu gehen, sollte Saturn unter der Intelligenz des Menschen bleiben, der bereit zu sein schien, niemals aufzuhören.

Noch nie!

Die Schwierigkeiten waren jedoch vielfältig. Seit "Saturn XI" waren längst nicht nur die bekannten Daten des gleichnamigen Planeten verifiziert. Dass sein äquatorialer Durchmesser 119.700 Kilometer betrug und damit 9,4 mal größer war als der der Erde, spielte keine große Rolle. Da es ihn nicht hatte, war sein Volumen 745-mal größer.

Aber derjenige, der sich in einer durchschnittlichen Entfernung von 1.430 Millionen Kilometern von der Sonne befand, bekam sie, denn ausgehend von ihrer Erdkruste musste der Mensch mit jedem Thymian seiner Forschungsinstrumente nicht weniger als 1.186 bis 1.647 Millionen Kilometer zurücklegen, je nach die Phase Ihrer Reise, in der Sie sich befinden.

Zweihundert Jahre nach der ersten Atomexplosion in Hiroshima und Nagasaki hatte der Mensch gelernt, die Kraft des Atoms für etwas Nützlicheres und Konstruktives zu nutzen, als sich selbst zu vernichten. Im Jahr 2145 wurden alle Raumschiffe mit Kernenergie angetrieben, die in der Lage waren, die Schwindelgeschwindigkeiten zu erreichen, von denen er immer geträumt hatte.

Das Universum blieb für ihn jedoch unendlich und die hypothetische Oberfläche des Planeten Saturn unerreichbar.

In Bezug auf seine physikalischen Eigenschaften war bekannt, dass seine Dichte 0,13 der der Erde und 0,72 der von Wasser entsprach. Es war bis zum Überdruss gemessen worden, dass die Schwerkraft auf der Oberfläche des Saturns gleich 1,06 im Vergleich zur Schwerkraft der Erde war, mit einer durchschnittlichen Licht- und Wärmeaufnahme von der Sonne von 0,011, wobei die Einheit als Einheit die empfangene war auf dem Globus.

All dies stellte sehr schwierig zu lösende Probleme dar, um direkten Kontakt mit dem Planeten herzustellen.

Aber da war noch mehr.

Die Saturnoberfläche bietet durch das Fernrohr eine ganze Reihe von äquatorparallelen Bändern oder Streifen mit einer bräunlich-grauen Farbe, die sich von den rosafarbenen in der

Äquatorzone und den bläulichen in den Polarregionen abheben. All dies ließ uns vermuten, dass Saturn von einer dichten Atmosphäre umgeben war und von ihm nur die größte Schicht beobachtet werden kann, deren Temperatur auf etwa 150 Grad unter Null geschätzt wurde, da sie hauptsächlich aus Ammoniak und Methan bestand .

Dieselben weißen Flecken, die vom künstlichen Satelliten "Saturn XI" zu sehen waren, wurden auf Ammoniakschnee zurückgeführt.

Um es noch schwieriger zu machen, war der Planet von einem Ring umgeben, der als eine sehr komplexe Gruppierung verschiedener konzentrischer Ringe erscheint.

Was die wahre Natur dieses ringförmigen Sets von so markanter Erscheinung betrifft, so scheint seine Zusammensetzung von einer großen Anzahl voneinander isolierter Astroliten abgeleitet zu werden, die von einer schnellen Drehbewegung um den Zentralstern und ungefähr in derselben Ebene belebt werden . Die Beständigkeit und Überlagerung der Bilder würde das Gefühl von Kontinuität vermitteln, das mit Hilfe modernster und leistungsstärkster Teleskope beobachtet wurde.

Diese natürliche Barriere, die der Planet Saturn als ersten Widerstand gegen die unersättliche Neugier des Menschen bot, wurde in all seinen Aspekten untersucht.

Wenn die konzentrischen Ringe durch die Konzentration von Myriaden von Millionen und Abermillionen von Astroliten eine solide Plattform darstellen würden, würde der Tag kommen, an dem jedes Raumschiff dort landen könnte: dann wären die riskanten Astronauten in einer beneidenswerten Position, um einen Blick auf den Planeten zu werfen und, sozusagen, um in diese neue Welt zu schauen, um sie zu beenden, sie zu erobern.

Alle auf "Saturn XI" stationierten Wissenschaftler hatten einen Großteil ihrer mühsamen Aufgabe erfüllt. Sie wussten bereits, dass die Abmessungen des Ringsatzes 278.000 Kilometer Außendurchmesser und 149.000 Innendurchmesser betrugen. Dass sie insgesamt 67.400

Kilometer breit waren; eine Dicke von 70 Kilometern und eine ringförmige Masse in Bezug auf den Planeten von 1/600.

Und all dies in weniger als einem Jahr, in dem sie dort war, drehte sich und drehte sich wie ein weiterer Saturn-Satellit, 1647 Millionen Kilometer von Mutter Erde entfernt, die sie als Prognostiker des Fortschritts ihrer Superzivilisation geschickt hatte, die sich weigerte, Barrieren zuzulassen.

Neben der Untersuchung der Saturnringe lag der Schwerpunkt der Aufgabe auf der unmittelbaren Möglichkeit, auf allen seinen zehn natürlichen Satelliten landen zu können.

Ideale Plattformen, die dort durch das mysteriöse Gravitationsgesetz des Universums platziert wurden, sollte mit ihrer Eroberung die große Rettung anderer Orbitalstationen, die benötigt wurden, ermöglichen.

Dies war kein unrealisierbarer Traum, wenn man bedenkt, dass es bereits astrophysikalische Observatorien auf der Mondoberfläche gab. Die Frage bestand darin, in einen der zehn natürlichen Satelliten des Saturn abzusteigen, ihn zu studieren, die Schwierigkeiten zu überwinden, die er mit sich brachte, und sich dort niederzulassen.

Von der kleinsten bis zur größten Entfernung vom Planeten waren "Minen" und "Enceladus" 185 bzw. 238 Tausend Kilometer entfernt. «Tetis», «Dione» und «Eea» mit 294.337 bzw. 527.000 Kilometern. "Titan" drehte bei 1.223 Tausend Kilometern, "Temis" bei 1.460, "Hyperion" bei 1.484, "Yapeto" bei 3.563 und "Fepe" bei 12.950 Tausend Kilometern.

Eine treue und zahlreiche Familie, der ein neuer Sohn der Wissenschaft beigetreten war: der "Saturn XI", der sich mit sechzig Millionen Kilometern drehte und den ewigen Tanz der Himmelskörper um den zu erobernden Planeten präsidierte.

Aber der wichtigste dieser Monde war "Titan" mit einem Durchmesser von 4.200 Kilometern und einer um 1,8 größeren Masse als die des Mondes. Es war einer von die wenigen Satelliten des Planetensystems, die eine Atmosphäre darstellen, obwohl die in den Labors von "Saturn XI" durchgeführten Messungen darauf hindeuteten, dass eine solche Atmosphäre für den Menschen sehr schädlich sein könnte, da sie Säuren und giftige Salze enthält.

Natürlich wäre das nicht genau das, was ihn aufhalten würde.

Auch auf der Marsoberfläche war es nicht möglich, frei zu atmen, und dennoch lebte dort bereits eine terrestrische Kolonie von mehr als zweihundert Millionen Menschen, die die notwendigen Mittel schaffte.

Oder hatte nicht ein verrückter Dichter gesungen, dass der Mensch seine sündigen Füße auf dieselbe glühende Oberfläche des Sonnenvaters stellen würde ...?

Und in gewisser Weise sind verrückte Dichter die Wahrsager der Zukunft.

Oder nicht...?

KAPITEL II

Jerry Kelly war einer dieser verrückten Dichter.

Obwohl er keine Poesie komponierte oder seine Zeit damit verschwendete, mehr oder weniger rhythmische und erfolgreiche Oden zu komponieren.

Der "Wahnsinn" des jungen Jerry Kelly war Wissenschaft. Speziell die akustische Wissenschaft, die seit vielen Jahren entschlossen ist, einige gewagte Theorien seines Vaters zu konkretisieren, die er leider nach seinem Tod nicht zu Ende bringen konnte.

Aber Marty W. Kelly hatte seinem Sohn genug Daten hinterlassen, damit Jerry seine Arbeit fortsetzen konnte. Vor allem hatte er ihm den Abschluss seiner kühnen Theorien in allen Belangen des Klangs hinterlassen, die sich unaufhörlich im Raum bewegenden Schwingungswellen und eine große Ansammlung von Daten über seine unveränderlichen Gesetze, Thehertz und all diese komplizierten Namen, die die Wissenschaft der Akustik vervollständigen.

Was der weise Marty W. Kelly bei seinem Tod nicht hinterlassen hatte, war das Vermögen und damit das nötige Mittel für seinen Sohn Jerry, um die Studie dieser teuren Ermittlungen fortzusetzen.

Aus diesem Grund hatte Jerry Kelly seine Experimente nicht zufriedenstellend durchführen können und war gleichzeitig gezwungen, eine der prominenten Positionen auf diesem künstlichen Satelliten einzunehmen, der sich in der Umlaufbahn um Saturn befindet.

Und auf "Saturn XI", mehr als eine Milliarde Kilometer von der Erde entfernt, isoliert in dieser kleinen metallischen Welt, in der auch 499 andere Menschen in ihrer Freizeit arbeiteten, kämpfte er, nachdem sie ihre Pflichten als Elektroingenieur mit Spezialisierung auf Ton erfüllt hatten, um seine Erfindung machen.

Eine Erfindung, von der er mit Emotionen zu sagen pflegte:

„Es wird unsere gesamte Zivilisation revolutionieren, sie edler, reiner machen ... Viel menschlicher!

Aber nur sehr wenige sprach darüber, was "seine Erfindung" wirklich sein würde.

Jerry Kelly erinnerte sich, dass er es in den ersten Jahren seiner Experimente getan hatte, obwohl sein Vater erst vor kurzem gestorben war, mit dem unangenehmen Ergebnis, dass er verspottet wurde. Und nicht nur die Personen, die all die Dinge, über die er sprach, nicht verstanden, sondern auch die renommiertesten Forschungszentren, die ihm schließlich erzählten, nachdem sie seine seltsamen Theorien gehört hatten:

"Untersuchen Sie weiter, junger Mann. Und wenn Sie ein positives Ergebnis erzielen, zweifeln Sie nicht daran, dass wir Ihnen die notwendigen Mittel zur Verfügung stellen, um Ihren Traum zu verwirklichen.

Eine schöne Art, das zu entschuldigen!

Wie konnte er die Ermittlungen auf eigene Faust fortsetzen, wenn ihm gerade die Mittel fehlten?

Jerry Kelly hatte ausgerechnet, dass er ein gut ausgestattetes Labor brauchte, mit den neuesten Fortschritten und der Fähigkeit, die Maschinen und empfindlichen Instrumente herzustellen, die er brauchte. Leider ging es nicht darum, ein einzelnes Gerät zu "erfinden", so sensibel und kompliziert es auch sein mag, sondern um viele, viele andere, die als Ganzes fertiggestellt wurden.

Zunächst brauchte er ein Raumschiff, das mit halsbrecherischer Geschwindigkeit durch den Weltraum reisen und in der bodenlosen Dunkelheit des Hyperraums versinken konnte, um die Wellen der gesuchten Geräusche aufzunehmen. Das allein war schon ein Hindernis, das er alleine nie überwinden konnte.

Wie konnte ein Privatmann eines dieser modernen Raumschiffe besitzen, die interplanetare Reisen ermöglichten?

Dann kam das hochempfindliche Antennensystem, der komplexe Satz von Tonbandgeräten, der empfindliche Mechanismus, der die Art und Weise des Filterns und Trennens von Geräuschen ins Spiel bringen sollte; die Aufnahmebänder mit denselben Klängen, die Sortierstation und ...

Es war ärgerlich!

Und doch verlor Jerry Kelly nie den Glauben daran, dass seine wunderbare Erfindung eines Tages Wirklichkeit werden würde.

Eine Realität, die, wie er fest behauptete, die Gesellschaft komplett verändern würde.

Worte ... Worte ... Worte!

Ja: Genau auf die "Worte" von Jerry Kelly stützte er seine Theorien. In den Milliarden und Abermilliarden von Worten, die der Mensch während seiner gesamten Reise über die Erdoberfläche herausgegeben hatte, von demselben Tag an, an dem er zum ersten Mal etwas Verständliches stammelte, als er versuchte, sich mit anderen zu verstehen.

Von dem Moment an, als der Mensch aufhörte, ein Tier zu sein, aus der Barbarei hervorgegangen, um in der ewigen Nacht der Jahrhunderte allmählich ein vernünftiges Wesen zu werden.

In einer höheren Kreatur.

So überlegen, dass er mehr als einmal in seiner langen Geschichte voller Stolz kurz davor gewesen war, seinen eigenen Schöpfer herauszufordern, indem er barbarische, destruktive Methoden einsetzte, um sich selbst zu vernichten.

So geschah es, als er die Verwendung von Schießpulver entdeckte.

Wie es geschah, als es ihm gelang, Dynamit, Trilit, das schreckliche Nitroglycerin, zu verwenden.

Als er kurz vor seiner Vernichtung stand, als es ihm gelang, die Kettenreaktionen des furchterregenden Atoms aufzulösen.

Keine dieser kritischen Stationen in der Geschichte der Menschheit könnte wiederholt werden, wenn es dem Träumer Jerry

Kelly eines Tages gelänge, seine Erfindung der Menschheit zugänglich zu machen.

Obwohl er im Moment auch nicht mehr bieten konnte.

Wörter.

Worte in Form von Versprechen, die schon immer wenig Nachklang gehabt hatten.

Wenig Echo, bis er mit dem Astrophysiker Walter Lehman sprach, verantwortlich für den Betrieb von "Saturn XI" und verantwortlich für die halbtausend Männer und Frauen, die der Orbitalstation zugewiesen sind.

Einige Tage nachdem er sein Ziel erreicht hatte, erzählte ihm Jerry Kelly von den Gründen für seine Bitte und kündigte dem älteren Wissenschaftler an:

„Hier können Sie, solange Sie wissen, wie Sie Ihren Verpflichtungen nachkommen müssen, Ihre Freizeit nach Belieben nutzen.

Vielen Dank, Herr Professor Lehmann. Ich habe mich auf diese Stelle beworben, weil der "Saturn XI" eine hervorragende Plattform für meine Experimente sein kann.

„Hat dich allein diese Möglichkeit hierher geführt, Kelly?

Jerry Kelly hatte, bevor er geantwortet hatte, ganz offen darüber nachgedacht:

„Genau das, Professor.

„Sind Sie nicht wissenschaftlich neugierig auf Saturn?

"Keine, Sir. Mich motiviert nur die Akustik

Der Astrophysiker Walter Lehman hatte seinerseits nachgedacht und fuhr sich mit der gutfingrigen Hand in einer für ihn üblichen Bewegung durch das krause graue Haar, um es zu kämmen. Und es war, als er es wissen wollte, immer getrieben von seinem wissenschaftlichen Verlangen:

„Erzählen Sie mir von Ihren Theorien über Klang, junger Mann. Du fängst an, mich zu interessieren!

Tatsächlich fand Jerry Kelly seine Theorien für einen Laien ziemlich verwirrend und kompliziert. Aber vor ihm hatte er einen hervorragenden Mann, der in der Astrophysik, der Raumfahrt und mit einem privilegierten Gehirn als weise anerkannt war, und aus diesem Grund versuchte er zu erklären:

„Sehen Sie, Professor Lehman ... Sie wissen, dass, obwohl sowohl das mechanische Medium, das ihn verursacht, als auch seine Wahrnehmung durch das Ohr, physikalisch betrachtet, als ‚Klang‘ akzeptiert wird, es sich jedoch um eine Schwingungsbewegung handelt, die von einem Körper ausgeht, der ... durch elastische materielle Mittel übertragen wird und die, wenn sie an unser Ohr gebracht wird, die physiologische Schallempfindung erzeugt.

„Ich verstehe, junger Mann. Wenn ein vibrierendes Objekt eindringt, versetzt es die umgebende Luft in Bewegung und erzeugt so Druckzonen, die Sie in Fachkreisen "Schallwellen" nennen.

„Genau, Professor!" rief sein junger Untergebener begeistert aus." Ich sehe Ihr klares Verständnis mit echter Freude, Sir.

„Bitte weitermachen.

„Die ‚Schallwellen‘ breiten sich in der Luft auf ähnliche Weise aus wie die Reihe konzentrischer Ringe, die sich auf der Oberfläche eines Beckens aus stillem Wasser bilden, wenn ein Stein hineingeworfen wird.

„Stimmt: Das kann jeder überprüfen.

"Das stimmt, Sir. Aber wenn es jemand im Wasser sehen kann, nicht in der Luft, weil Sie diese "Schallwellen" nicht sehen können.

Das Schweigen des Managers der "Saturn XI" ermutigte den jungen Jerry, weiterzumachen:

„Es ist auch niemandem gegeben, zum Beispiel zu überprüfen, ob die konzentrischen Wellen, wenn dieser Stein ins Meer geworfen wird, bis zum abgelegensten Ufer reichen werden, und wenn sie alle Schwierigkeiten bei ihrer Ausbreitung sparen, und wenn sie einmal angekommen sind dem gegenüberliegenden Ufer, so weit es auch sein mag, werden sie in einer endlosen Bewegung zurückkehren, die, nicht weniger wahrnehmbar und immer gedämpfter, weniger real ist.

„Und nach dem, was es sagt, passiert dasselbe in der Luft, im Weltraum, wenn ein Ton erzeugt wird, richtig?

„Genau das gleiche, Professor Lehman! Genau!

„Sehr interessant, sich daran zu erinnern!

„Schallwellen sind auch kugelförmig, sie breiten sich immer mit der gleichen Geschwindigkeit oder Frequenz aus, entsprechend der Schwingung, die sie verursacht hat. Außer in den Fällen, in denen das klangerzeugende Organ in Bewegung ist, verliert es nur an Amplitude oder Intensität im Verhältnis zum Quadrat der Entfernung.

Die Hand des alten Astrophysikers lud mit freundlicher Ruhe ein, nachdem er aufgehört hatte, sich die Haare zu kämmen, und fügte seinen jungen Gesprächspartner hinzu:

„Alle elastischen Materialien, wie die meisten Metalle, Holz, Luft, Wasser, übertragen Schallwellen mit Geschwindigkeiten, die im Allgemeinen höher sind als die der Atmosphäre. Genauer gesagt beträgt die Ausbreitungsgeschwindigkeit in Luft 331,8 Meter pro Sekunde bei einer Temperatur von 0 ° C und erhöht sich um ungefähr 0,60 pro Grad der Erhöhung.

Walter Lehman lächelte beim letzten Mal und war sich bewusst, dass ihm die Daten nicht so bewusst waren wie der Akustikingenieur Jerry Kelly. Aber seiner Idee folgend, erkundigte er sich:

„Und beeinflussen nicht zum Beispiel Wetterbedingungen, Windgeschwindigkeit, Umgebungsfeuchtigkeit und Luftdruck die Schallausbreitung?

"Natürlich Herr. Aber all dies sind Daten, die in der Spezialisierung berücksichtigt werden müssen, wenn wir einen Ton "wiederherstellen" wollen, von dem wir wissen, dass er an einem solchen Ort, zu dieser Zeit und unter diesen oder solchen Umständen veröffentlicht wurde.

Die wissenschaftliche Neugier von Professor Walter Lehman wurde geschärft und zwang ihn zunehmend interessiert zu fragen:

„Einen Moment! Bedeutet das, dass jeder Ton, der in den Äther geworfen wurde, „wiederhergestellt" werden kann?

„Das stimmt, Herr.

„Irgendwelche Geräusche, die Schallwellen verursacht haben?

„Ja, Professor Lehman.

„Zum Beispiel ... die Schwingungen, die unsere Stimmen erzeugen, wenn wir jetzt sprechen? Könnten Sie sie fassen, "zurückholen", wie Sie gerade gesagt haben?

„Ja, Herr Lehman. Und das versuche ich!

„Wann könnte ich sie zurückbekommen?

„Wenn ich alle meine Instrumente habe, wird es dasselbe sein, sie innerhalb einer Stunde ... oder eines Jahrhunderts zu erbeuten oder besser zu bergen!

"Nicht!

„Entschuldigen Sie, dass ich darauf bestehe, Professor. Und zwar nicht in einem Jahrhundert, sondern in zehntausend Jahren, wenn wir die notwendigen Mittel dazu haben.

„Bitte, Kelly... erklärst du es mir?

„Mit Vergnügen, Herr Professor. Beachten Sie, dass wir in diesem Fall die genauesten Daten haben. Zunächst wird der durch die Schwingungen erzeugte Ton in "Schallwellen" unserer Worte umgewandelt, die wir bei der Geschwindigkeit kennen, mit der sie sich in ihrer normalen Umgebung fortbewegen. Zweitens der Ort und die genaue Zeit, zu der diese Worte in die Luft oder in den Weltraum geschossen wurden, wenn Sie das so sagen wollen. Wenn wir uns dann mit einem hochmodernen Tonbandgerät, das mit einem auch ultrasensiblen Oszilloskop ausgestattet ist, auf die Suche machen würden, wäre es das Problem, den Bereich zu erkunden, in dem wir "mathematisch" rechnen, durch elektronische Gehirne, die in immer größeren konzentrischen Kreisen "streuen". Worte, die wir "erholen" möchten, sagten in diesem Raum ...

„Was du sagst, ist unglaublich, Freund Kelly!

„Ist es, Herr Lehman. Aber im Grunde einfach und ewig, wie alle unveränderlichen Gesetze, die das Universum regieren.

„Und diese... diese Geräusche, die unsere Worte machen, können sie nicht aus diesem Raum, dieser Raumstation, dem „Saturn XI" kommen? Ich meine, wenn sie nicht für immer verloren sind.

„Sie können ausgehen, Professor. Für immer verloren, nein.

"Sicher?

„Wenn der Mensch die technischen Mittel hat, diesen ‚Schallwellen' nachzugehen, wird er sie sozusagen irgendwo ‚jagen'.

„Ich wiederhole, mein junger Freund ... Das ist sehr interessant!

„Bis jetzt, Professor Lehman, hat der Mensch all diese Geräusche ausgestoßen und diesen immensen Reichtum im Weltraum verloren.

Von der Qualifikation etwas überrascht, wiederholte der für "Saturn XI" zuständige Astrophysiker wie ein Echo:

„Reichtum sagt?

„Ich halte die Worte, die sie sprachen, für enormen Reichtum, zum Beispiel ... Pythagoras, Sokrates, Platon, Aristoteles, Jesus Christus ...

Er hielt inne, bevor er lebhaft hinzufügte:

„Wie auch immer ... Alles, Sir! Alles Gesprochene und Gesagte, seit der Mensch die Macht hatte zu sprechen!

„Aber das... das wäre wunderbar, mein junger Freund! Wissen Sie, was er gesagt hat?

„Perfekt, Professor Lehman. Etwas, das ich hier und da an verschiedenen Stellen wiederhole ... Aber ohne sie dazu zu bringen, mir ernsthaft zuzuhören!

Walter Lehman lächelte freundlich, während er rechnete, und kämmte sich wieder sein zerzaustes graues Haar, als er sagte:

„Jetzt verstehe ich, dass sie ihn vielerorts für einen Verrückten gehalten haben.

„Glauben Sie mir, Sir. Es war ärgerlich!

„Ich bin ehrlich zu dir, Kelly. Es fällt mir auch schwer zuzugeben, dass das, was er sagt, eines Tages Wirklichkeit werden kann!

„Nun, wir haben es zur Hand, Professor. Ich arbeite seit vielen Jahren daran! Und mein Vater hat das früher mehr als sein halbes Leben lang gemacht.

„Die Wahrheit, Kelly ... ich glaube, dein Enthusiasmus lässt dich glauben, dass es bald erreicht sein wird.

„Nicht meine Begeisterung, Sir! Haben wir nicht schon Raumschiffe, die den Weltraum durchqueren und mit schwindelerregender Geschwindigkeit im unendlichen Schwarz des Universums versinken? Was hindert uns daran, sie mit von mir entwickelten hochempfindlichen Oszilloskopantennen auszustatten, die in der Lage sind, alle Töne einzufangen, die in den Schallwellen "wandern", hin und her hüpfen oder sich immer in konzentrischen Kreisen ausbreiten und ausbreiten, wie wenn wir gegeben haben das Beispiel des in den Teich geworfenen Steins?

„Lassen Sie uns das zugeben, Kelly. Aber sie würden alle Geräusche aufnehmen. Alle Geräusche!

„Ohne Zweifel, Professor. Aber heute ist es ein Kinderspiel, die Klänge "auszuwählen". Das Aufnehmen und Reproduzieren von Klängen ist eine sehr fortgeschrittene Wissenschaft, seit Edison seinen Phonographen erfunden hat. Seitdem sind viele Jahre vergangen und heute haben wir großartige Blockflöten. Darüber hinaus würden richtig ausgewählte und angeordnete Filter alle Klänge verwerfen, die nicht die menschliche Stimme sind, mit gut angeordneten Verstärkern, um alle ihre Nuancen, alle Beugungen des Sprechers wiederherzustellen. Hertz ...

„Das was, Kelly? "Erkundigte sich beim älteren Astrophysiker." Ich sehe, dass er, von seinem Enthusiasmus mitgerissen, die Einfachheit seiner Erklärung vergisst, ohne zu merken, dass ich kein Spezialist auf diesem Gebiet bin.

„Entschuldigen Sie, Sir", bestätigte Jerry Kelly. Ein "Hertz" ist die Einheit der Frequenz, die einer Schwingung oder einem Zyklus pro Sekunde entspricht. Der für das menschliche Ohr hörbare

Frequenzbereich reicht von 16 Hz bis 30.000 Zyklen pro Sekunde. Heute wissen wir, dass das Ohr nicht für alle Frequenzen das gleiche Hörvermögen besitzt, sondern im Bereich von 400 bis 3.500 Zyklen pro Sekunde empfindlicher ist.

Walter Lehman lächelte wieder und dachte laut:

„Und glauben Sie, wir könnten den großen Carusso singen hören, von dem uns die Geschichte der Oper erzählt; einer Renata Tebaldi oder sonst jemandem, der zum Beispiel an der Mailänder Scala oder am Metropolitano in New York gesungen hätte?

„Warum nicht?" rief sein Gesprächspartner mit absoluter Sicherheit aus." Und das bei all dem primitiven Reichtum seiner Nuancen, seiner Intonationen und seiner schönen Stimmen.

"Erzähl es mir nicht!

"Nun, es wird so sein! Dazu müssen wir nur den Ort, die genaue Zeit, in der es gehandelt hat, genau wissen, so viel wie möglich, wenn möglich, die Wetterbedingungen dieses Tages oder dieser Nacht, Gruppieren, qualifizieren und wählen Sie andere wichtige Daten aus, senden Sie sie an die vorherige Überprüfung von einem spezialisierten elektronischen Gehirn oder einem Computer, um dann mit den leistungsstarken ultraempfindlichen und oszilloskopischen Antennen, die ich Ihnen sagte, zu erfassen, zu "retten", diese Stimmen, die sich weiter unendlich durch den Raum ausbreiten, dann kommt die Aufgabe, sie auszuwählen, aus den vielen anderen Geräuschen, die eingefangen werden und ... das war's!

„So einfach, meine liebe Kelly?

„So einfach ist das, wenn man all die komplizierten Instrumente hat, für die ich so viele Jahre geseufzt habe.

„Es besteht kein Zweifel, junger Mann. Wenn Sie das bekommen ... es wird unglaublich!

„Es genügt, sich vorzustellen, was es bedeuten würde, über unendlich viele Tonbandgeräte zu verfügen, die nach Epochen, Themen, Disziplinen und Ereignissen perfekt ausgewählt sind, nicht nur alles, was die klügsten Männer vergangener Generationen gesprochen haben, sondern jedes ein und alle Worte der Menschheit, denn das, was wir Zivilisation nennen, existiert. Diese "Bibliothek" wäre wie lebende Bücher, die Lehrbücher der Zukunft, die uns die genauesten Gedanken, die höchsten Gefühle, die intimsten Geheimnisse zur Verfügung stellen.

Der alte Walter Lehman konnte nicht anders, als zu starren, als er hörte, wie der erhabene junge Mann weiter mit Hitze erklärt:

Die Stimme eines Sokrates hören, als er mit seinen geliebten Jüngern sprach. Hören Sie auf den weisen und resignierten Rat eines Seneca, der an Nero gerichtet ist. Aus den Lippen eines Goethe seine eigenen Gedichte hören. Das Gefühl, dass die Stimme von William Shakespeare seine unsterblichen Werke rezitiert. Die Monologe zu hören, die ein großer Schriftsteller wie Dostojewski in seinen schlaflosen Nächten gehalten haben muss, oder einem Beethoven beim Klavierspielen zuzuhören, muss ein so immenses Vergnügen und so lehrreich sein, dass jedes Mittel, um es zu ermöglichen, unbedeutend ist wie viel. es kann kosten.

Den grauen Kopf vor Vergnügen schief legend, murmelte Walter Lehman:

„Ja ... Es muss köstlich sein!

„Aber es gibt noch mehr, Professor! Und nicht wegen dem, was Philosophen, Denker, Schriftsteller, Musiker, Dichter und andere Menschen von großem Wert uns mit ihren eigenen Stimmen geben können. Es wird wunderbar endgültig sein, denn angesichts all dieser Zeugnisse aus erster Hand würden viele Missverständnisse, viele schlechte Absichten, viele historische Fehler und viele falsche Interpretationen, gewollt oder nicht, geklärt werden. Viele Lügen werden aufhören zu sein, viele vertuschte Lügen werden ans Licht kommen, und damit werden Wahrheit und Gerechtigkeit leuchten, wie sie nie geleuchtet haben, seit die Welt Welt ist.

"Ich fürchte, das würde vielen nicht gefallen, Kelly,

„Zur Hölle mit den Freunden der Tapujos, den Verstrickungen und den Lügen, Sir! Zur Hölle mit aller Heuchelei oder Irrtum!

„Ich denke, dass auch die Gespräche nicht weniger Herrscher, die heutzutage von tadellosen Menschen geführt werden, ans Licht kommen würden. Nun, es gibt nicht wenige Verschwörungen mit dem größten Geheimnis, das wir nicht kennen!

"Na und, Professor? Ich habe für mich, dass wer gerne im Irrtum lebt und Täuschungen und Lügen verewigt, ist nicht sehr würdig.

"Stimmt, junger Mann, stimmt ... Aber berechnest du, was gewürfelt werden könnte?

„Da ist jeder mit seinem Gewissen, Sir!

Mit den Flügeln seiner Phantasie muss der weise Wissenschaftler ein gewaltiges Chaos gesehen haben, das ihn, wenn auch halb amüsiert, ausrufen ließ:

„Guter Gott, was würde passieren, mein Sohn!

"Ich berechne es, dasTag, an dem mächtige Raumschiffstaffeln durch den Weltraum segelten und mit ihren Antennen und ultrasensiblen Geräten die Worte einfangen würden, die aus all den anderen Geräuschen ausgewählt würden. Sobald die Schiffe in die Labors zurückkehrten und diese Auswahl weiter nuanciert wurde, könnte man beispielsweise wissen, was der letzte Mechaniker der "Saturn XI" gerade zu seinem engen Freund sagt.

"Das ist schrecklich! Das würde ein Recht verletzen, das ...

„Ein missverstandenes Recht, Professor. Wir sind es gewohnt, Dinge zu respektieren, die gleichzeitig dem Bösen erlauben, seine Pläne auszuführen. Jeder gute Mann hat normalerweise nichts zu verbergen.

Jerry Kelly machte eine Pause, bevor er hinzufügte, um den Mann, der ihm helfen konnte, teilweise zu beruhigen:

„Außerdem, Professor Lehman ... Wenn meine Erfindung gemacht wird, müssen wir sehr vorsichtig sein, wenn wir kein Chaos anrichten und viele Reputationen zerstören wollen, indem wir in den Besitz dunkler Geheimnisse kommen. Ich schätze, dass nur Top-

Management-Positionen auf diese vertraulichen Aufzeichnungen zugreifen können.

„Man sieht, dass alle Erfindungen ihre Gesichter und ihr Kreuz haben, mein junger Freund. Und ich denke, wenn Ihres eine enorme Befriedigung bringen kann, kann es auch enorme Probleme mit sich bringen.

„Aber Fortschritte sollten niemals geleugnet werden, Herr Lehman. Letztlich ist alles, was uns der Erkenntnis der Wahrheit näher bringt, moralisch und daher empfehlenswert, mein Herr.

„Ich fürchte, die absolute Wahrheit macht uns immer noch Angst.

„Es wird eine Zeit kommen, in der es nicht so sein wird.

„Glauben Sie, dass es für die Selbsterziehung der Menschen verwendet werden kann?

"Warum nicht? Wenn sie sicher sind, dass alles, was sie sagen oder sagen, selbst unter größter Geheimhaltung "wiederhergestellt" werden kann, werden sie unweigerlich weniger faszinierend, weniger Lügner ... Mehr rein!

„Sie träumen anscheinend von einer idealen Welt, junger Mann.

„Ist es eine Sünde, das zu tun, Professor?

„Nein, es ist keine Sünde. Aber ein wunderbarer Wahnsinn!

„Ich habe dieses Wort schon oft gehört. Auch mein armer Vater wurde bei vielen Gelegenheiten so bewertet. Aber ich weiß, dass ich nicht verrückt bin, Sir! Ich bin nicht!

»So etwas sage ich nicht, Kelly.

"Sehen Sie ... Es wird sich um einen aufsteigenden Prozess handeln: Wir werden damit beginnen, die Worte zu messen, aus denen normalerweise die Fakten und Handlungen abgeleitet werden. Das Verhalten der gesamten Menschheit wird sich allmählich ändern. Bis zu dem Tag, an dem einer der Männer oder Frauen zeigen sich anderen so, wie sie ursprünglich waren.

„Was wurde gesagt! Du bist ein wunderbarer Verrückter!

„Dann bleiben dir nur noch deine Gedanken, obwohl der Tag kommen wird, an dem auch diese dem klaren Licht ausgesetzt werden.

Walter Lehman erhob sich hinter seinem monumentalen Schreibtisch, als wollte er das Ende des Interviews signalisieren, aber nicht ohne lächelnd zu kommentieren:

„Es war eine wahre Freude, dir zuzuhören, Kelly. Und im Voraus verspreche ich, alles in meiner Macht Stehende zu tun, damit Sie an Ihrem Projekt weiterarbeiten können.

„Ich weiß es wirklich zu schätzen, Professor.

„Außerdem werde ich, wenn Sie es erlauben, in meiner Freizeit mit Ihnen zusammenarbeiten und ich habe kein Problem damit, Ihre Assistentin zu werden.

"Oh nein, Sir! Professor Walter Lehman könnte nie ein einfacher Assistent von mir sein. Sie sind bekannt für ...

„Aber ich verstehe nichts von deiner Spezialität, Jerry! Und glauben Sie mir, ich bin begeistert von Ihrer Idee.

„Wenn es wirklich so ist, freue ich mich, alles auf der Erde verlassen zu haben und jetzt hier zu sein.

„Hast du viel übrig, Jerry? Der Alte wollte es wissen.

Jerry Kelly schwieg, bevor er antwortete:

„Alles, was ich hatte, Professor.

„Eine Frau, vielleicht ...?

„Ja ... Wir wollten heiraten, aber sie hat mich nie richtig verstanden. Auf der anderen Seite, als ich manchmal auch anfing, mit ihm darüber zu reden ... er nannte mich auch verrückt oder visionär!

Lächelnd, um seinen Worten die Feierlichkeit zu nehmen, kommentierte der ältere Astrophysiker:

„In diesem Fall haben Sie es geschafft. Hier sind wir alle verrückt! Du nicht. Scheint es verrückt genug zu verlangen, mehr als 1.600 Millionen Kilometer von unserem geliebten Planeten entfernt zu leben?

„Vielleicht, Herr. Aber wie du schon sagtest, es ist ein wunderbarer Wahnsinn, denn dank der Tatsache, dass es immer solche „Verrückten" gegeben hat, konnte die Menschheit Fortschritte machen.

„Wir stimmen zu, junger Mann.

Und die beiden Männer gaben sich mit großer Emotion die Hand.

Endlich hatte Jerry Kelly jemanden gefunden, der ihn vollkommen verstand.

KAPITEL III

Eineinhalb Monate nach seinem ersten Interview mit dem Verantwortlichen für den Betrieb der „Saturn XI" konnte Jerry Kelly Ergebnisse präsentieren und war damit zufrieden.

Im zehnten Stock des künstlichen Satelliten, neben den Hangars, in denen die fünf Raumschiffe der "Saturn XI" aufgereiht waren, hatte ihm der betagte Astrophysiker Walter Lehman erlaubt, seine Labore einzurichten.

Eine Reihe von miteinander verbundenen Räumen, die im obersten Stockwerk so aufgereiht waren, dass ihre Decken teilweise nach außen geöffnet werden konnten, enthielten die empfindlichen, hochsensiblen Instrumente, die Jerry Kelly mit Hilfe seiner Mitarbeiter zusammengebaut hatte.

Leute wie er, die für den "Saturn XI" bestimmt waren, aber nicht zögerten, ihre freien Stunden für dieses neue Projekt zu nutzen. Jerry hatte ihnen von seinen Akustiktheorien und den alten Träumen erzählt, die sein Vater nicht verwirklichen konnte.

Nach vielen Diskussionen und Absprachen wurde dieses fantastische Projekt "The Voice of the Universe" getauft.

Jerry Kelly hatte den Vorschlag seiner Kollegen akzeptiert, indem er mit ihnen argumentierte:

„Ich mag dieses „Stimme des Universums"-Ding! Denn tatsächlich wird es das Universum sein, das mit uns „sprechen" wird. Wir werden mit Hilfe dieser Instrumente, die wir bauen, alle Geräusche einfangen, die im Weltraum reisen. Und die Stars werden uns ihre Geheimnisse anvertrauen!

Die meisten, die sich freiwillig der Aufgabe anschlossen, verstanden kein Wort von Akustik. Aber sie waren jung, sie waren auch begeistert von der Wissenschaft, und mit lebhaften Worten, mit seiner charakteristischen Vehemenz und Herzlichkeit, wusste Jerry zu erklären, was seine "Erfindung" sein würde und was damit erreicht werden konnte.

Auf der anderen Seite, wenn Ihre Mitarbeiter keine Spezialisten für Klangfragen waren, waren sie in anderen Fächern tätig. Billy Laughton und die blonde Ramy Piccole zum Beispiel waren Elektroniker. Michel Sauet war ein Experte in mechanischen Angelegenheiten, der in der Lage war, die kompliziertesten Mechanismen zu entwerfen, zusammenzubauen und zu bauen, solange er eine genaue Vorstellung davon bekam, was von ihm verlangt wurde. Der Herkuler Arthur Hadmond war ein Genie der Elektrodynamik, und die schöne Frau Marlene Power war noch nicht lange in Kybernetik promoviert, jener komplizierten Wissenschaft, die sich um die Kunst des Bauens und Bedienens von Geräten und Maschinen kümmert, die sie mit Hilfe elektronischer Verfahren führen automatisch komplizierte Berechnungen und andere ähnliche Operationen durch.

Mit dieser wirksamen Hilfe und vor allem mit der entschlossenen Unterstützung des betagten Astrophysikers Walter Lehman, der diese kleine Kolonie von fünfhundert herausragenden Menschen im All regierte, hoffte Jerry Kelly, sein Ziel sehr bald zu erreichen.

"Die Stimme des Universums" würde bald gehört werden.

Sie mussten nur mit den gleichen Instrumenten ausgerüstet werden, aber auf eine kleinere Größe reduziert, auf eines der fünf Raumschiffe, die sie hatten. Dann würden sie mit Hilfe der elektronischen Gehirne, die sie bereits zusammengebaut hatten, die notwendigen Berechnungen durchführen, damit das Schiff ausgehen würde, um die Worte "zurückzugewinnen", die, immer nach den Theorien von Jerry Kelly, unaufhörlich über die Jahrhunderte hinweg fortgesetzt wurden in den unendlichen Raum. .

Jerry Kelly hätte gerne einen entscheidenden Moment in der langen Geschichte der Menschheit gewählt. Er hatte zum Beispiel davon geträumt, die Worte Jesu Christi „wiederzugewinnen", als er am

Nachmittag seiner wunderbaren „Bergpredigt" zu seinen Jüngern sprach.

Aber nichts Geringeres als das Wort des Gottessohnes direkt zu hören, war noch immer ein Traumtraum. Und nicht, weil es so viele Jahrhunderte her ist; das war eine einfache computerberechnung. Die elektronischen Gehirne würden sich um die notwendigen Gleichungen kümmern und alle ihnen zugeführten Daten berücksichtigen.

So viele Jahrhunderte, so viele Jahre. So viele Monate, so viele Wochen. So viele Tage, so viele Stunden, Minuten, Sekunden und Hundertstelsekunden.

"Total, nichts", sagte Jerry.

Es wäre auch leicht zu berechnen, wo sich die Schallwellen, die bei der Aussprache der göttlichen Worte in Schwingung versetzt wurden, ausbreiten würden mehr.

Jerry Kelly war ein brillanter Spezialist für all diese Fragen. Er kannte die Entfernung, die der Schall in einer Sekunde zurücklegte, auswendig: Unter normalen Umständen und bei einer Temperatur von 0 °C auf 331,8 Metern, mit einer Zunahme von etwa 0,60 pro Grad.

„Ich sage es dir", beharrte er. Kalkulationssache!

Wenn der Schall in einer Sekunde 331,8 Meter zurücklegt, könnte er in einer Minute die Distanz von 19.908 Metern überbrücken; in einer Stunde 1.194.480; an einem Tag 28.667.520 und in einem Jahr 10.463.644.800 Meter.

Zehntausendvierhundertdreiundsechzig Millionen und sechshundertvierundsechzigtausendachthundert Meter geteilt durch eintausend ließen zehn Millionen vierhundertdreiundsechzigtausendsechshundertvierundvierzig Kilometer übrig, mit einem Rest von achthundert Metern. Es blieb nichts anderes übrig, als diesen Betrag mit hundert zu multiplizieren, um herauszufinden, wie viele Kilometer der Schall in einem Jahrhundert zurückgelegt hat. Wenn die Geschichte sagte, dass Jesus Christus vor mehr oder weniger einundzwanzig Jahrhunderten in

Galiläa lebte, gab es nichts mehr, um eine andere Rechenoperation durchzuführen.

Total: Mit diesen Berechnungen, die nicht auf die Sekunde genau oder rigoros durchgeführt wurden, würden sich die Worte, die der Sohn Gottes in den Wind geworfen hat, weiterhin bis zu einer Entfernung von der Erde in der Größenordnung von zweiundzwanzig Milliarden Kilometern von ihrem Ausgangspunkt aus verbreiten.

Aber sie selbst, die ständig den Planeten Saturn umkreisten, waren sie nicht schon etwa zwei Milliarden Kilometer von der Erde entfernt?

Mit seinen hochempfindlichen Antennen hätte das Raumschiff nichts mehr, um zwanzig Milliarden Kilometer zurückzulegen, um die gewünschten Schallwellen "zu jagen".

Und haben nicht die Astrophysiker und die bedeutendsten Wissenschaftler dafür gesorgt, dass die Raumschiffe, sobald sie einmal außerhalb des Sonnensystems waren und bereits durch den äußeren Hyperraum glitten, frei von der Gravitationskraft des Systems, ihre Geschwindigkeit hundertfach sehen konnten?

Was also war diese Distanz zu überbrücken?

„Es geht ins Unendliche! "Sagte Dr. Marlene Power an einem der Tage, als sie über diese Probleme diskutierten.

Mit seinen verträumten Augen starrte Jerry Kelly den jungen Wissenschaftler an und dachte ernsthaft:

„Genau so muss der Mensch schon immer gewesen sein, mein lieber Freund. Unendlichkeit!

Jedenfalls musste Jerry Kelly darauf verzichten, mit seinen ausgeklügelten akustischen Mechanismen jene göttlichen Worte einzufangen, nach denen er sich so sehnte und die er der Welt gerne hätte anbieten können. Die Geschichte lieferte nicht die notwendigen genauen Angaben über das Leben des Gottessohnes; zumindest in Bezug auf Zeit und Ort, wo er seine göttliche Lehre zu einem bestimmten Zeitpunkt predigte.

„Wie wäre es mit der Rede, die Präsident Abraham Lincoln nach der Schlacht von Gettysburg hielt? Vorgeschlagener Elektronikingenieur Billy Laughton.

„Ja, Jerry!" sagte sein Partner Michel Sauet." Wir haben genaue Daten zu diesen Daten. Genauer Ort, festes Datum und alles andere.

"Ich habe Geschichte studiert und die Rede von Präsident Lincoln gelesen", erinnerte sich die blonde Marlene Power, die sich ihnen anschloss. Es ist wunderbar!

"Es wird noch mehr, wenn Sie es selbst hören können", versicherte Jerry Kelly, der offenbar den Vorschlag seiner Gefährten annahm.

„Glaubst du wirklich, du kannst es schaffen, Jerry? „Das Mädchen wollte bestätigen.

„Du hast falsch gesagt, Marlene. Wir arbeiten hier alle als Team! Daher wird es ein Triumph für alle sein, es zu erreichen. .

„Protest!" rief der gigantische und herkulische Arthur Hadmond mit seiner lauten Donnerstimme.

Sie alle sahen ihn an, verließen die Arbeit und versammelten sich um den leitenden Elektrodynamiker, der hinzufügte, um seinen Ton zu zügeln:

„Ja Freunde. Ich sagte, ich protestiere!

„Warum, Arthur?

„Weil wir nichts anderes sind als einfache Akustiklerner. Hier; Jerry ist der Verantwortliche, und wir helfen ihm nur beim Zusammenbau der von ihm angegebenen Geräte.

Jerry Kelly sah den großen Mann dankbar an, sagte aber:

„Du bist sehr nett, Arthur, aber ich bestehe darauf, dass ich darin nicht nach persönlichem Ruhm strebe. Es ist vielmehr wie ... Ja, Freunde: wie "etwas", in dem ich seit Jahren stecke und das ich unbedingt loslassen möchte, damit ich es der ganzen Menschheit anbieten kann.

Er legte den Kopf schief, wie er es immer tat, wenn er nachdachte oder sich an etwas erinnerte, und fügte nach einer kurzen Pause hinzu:

„Ich erinnere mich, als mein Vater schon daran gearbeitet hat. Ich war damals noch sehr jung und konnte nicht alles verstehen, was er mir beibrachte. Diese komplizierten Gleichungen und all diese Berechnungen langweilten mich!

„Ihr Vater war einer der zwölf Weisen am Wilder Institute. Richtig, Jerry? wollte Marlene Power wissen.

"Ja ... Er hat einige sehr enge Wettbewerbsprüfungen gewonnen und sie haben ihm den Lehrstuhl für Akustik verliehen, aber ...

Arthur Hadmond versuchte mit seiner üblichen Schroffheit, immer direkt auf die Dinge einzugehen, zu erraten:

"Ist gestorben...?

„Ja, Arthur... Aus Versehen. Eines Nachmittags explodierte etwas in seinem Labor und er wurde verkohlt aufgefunden. Glücklicherweise waren alle Entwürfe und Pläne zu Hause. Ich lebte bei einer Tante von mir, die...

Das Visophon begann zu summen, der Bildschirm leuchtete auf und zeigte Professor Walter Lehmans faltiges Gesicht. Die Mitteilung kam direkt aus dem Büro des Direktors der "Saturn XI" und er verkündete mit lauter aufgeregter Stimme:

„Ist Jerry in der Nähe?

Jerry Kelly näherte sich dem Apparat und war sich bewusst, dass der Bildschirm sein Bild im Büro des Astrophysikers widerspiegeln würde.

„Sie werden sagen, Professor.

„Hi, Jerry. Kommst du bitte? Ich muss dir etwas mitteilen.

Das Summen hörte auf, als der Bildschirm ausgeschaltet wurde.

Alle wandten sich an den jungen Akustiker, aber es war das blonde Mädchen, das sprach:

„Was ist los, Jerry?

„Ich weiß es nicht, Marlene. Aber ich dachte, ich hätte etwas Trockenheit in der Stimme des Professors bemerkt.

"Ich habe es auch gemerkt", warf Michel ein. Er sprach, als ob er sich um etwas Sorgen machte.

Jerry Kelly griff nach seinen freiwilligen Freiwilligen und kündigte an:

„Okay für heute, Leute. Wie wäre es, wenn wir uns im Speisesaal wiedersehen?

„Ich würde gerne diesen Dynamo fertigstellen, der mir so viel Krieg und ...

„Du weißt, dass ich diese Räume schließen muss, Billy. Das Sicherheitssystem erfordert es.

„Okay, ich mache es morgen.

Sie gingen alle hinaus, und Jerry Kelly manipulierte die Tafel neben der Tür, damit die Fotozellen das Passwort registrierten, das nur durch Wiederholung jemandem erlauben würde, diese durch die Fernbedienung hermetisch verschlossenen Räume zu betreten.

Durch den sich bewegenden Korridor erreichten sie den Aufzug, der auf die anderen Stockwerke verteilt wurde, wobei jeder zurückkehren musste, um seine Position auf der Raumstation einzunehmen.

Als letzte verabschiedete sich Marlene Power, die verkündete, bevor Jerry Kelly das Direktorenbüro des „Saturn XI" betrat:

„Verpassen Sie nicht das Abendessen, Jerry ... ich möchte Sie nach diesen verdammten Antennen fragen.

„Du hast das Problem immer noch nicht gelöst, Marlene?

„Nein... Es ist schwieriger, als es klingt. Wenn sie die von Ihnen gewünschte Wellenlänge haben müssen, müssen wir in die Oszilloskope mehr Zellen magnetisierter Isotope mit dem spezifischen Gewicht von ...

Das blonde Mädchen blieb lächelnd stehen, als sie sich verabschiedete:

»Lass den Boss jetzt nicht warten, Jerry. Wir sprechen später.

„Du hast recht. Bis später, Marlene.

Minuten später öffneten sich die Türen des monumentalen Büros des Direktors der "Saturn XI".

Und Jerry Kelly sah im Gesicht des älteren Walter Lehman, dass tatsächlich etwas sehr Ernstes vor sich gehen musste.

KAPITEL IV

Das erste Wort, das in diesem Raum erklang, war dieses:

"Es ist vorbei!

Jerry Kelly ging zu dem Tisch, hinter dem der alte Professor saß. Er glaubte sich verhört zu haben und erkundigte sich, ohne sich zu setzen wie zuvor:

„Wie haben Sie das gesagt, Herr Lehman?

»Ich sagte, es ist vorbei, Jerry. Keine akustischen Experimente mehr!

"Aber, Sir ... Jetzt, wo wir so hart gearbeitet haben, wenn wir es bekommen und ...

„Du weißt besser als jeder andere, welches Interesse ich daran habe, Junge. Du kennst es sehr gut!

„Genau deshalb, Herr Lehman. Ich verstehe jetzt nicht wie...

Walter Lehman hörte auf, sein graues Haar mit den Fingern zu kämmen, bevor er seine Hand auf ein Blatt Papier auf dem Tisch senkte und anbietet:

„Lies das, Jerry. Vielleicht erkläre ich es ...

Jerry Kelly las schnell die Aussage. Es war eine ausgestrahlte Nachricht, die von der Mutter-Raumsonde kam, die die Reisen von künstlichen Satelliten zu Satelliten unternahm, und lieferte, was sie wiederum von der fernen Erde empfing.

Kurz gesagt, warnte diese Aussage: Keine akustischen Experimente mehr auf dem "Saturn XI". Alle Arbeiten, die außerhalb des programmierten Studiums des Planeten und der Konstitution seiner Ringe durchgeführt werden, werden als Betrug angesehen. Und für die nutzlose Verschwendung des verwendeten wertvollen Materials wird der Direktor des "Saturn XI" verantwortlich sein.

Jerry Kelly sah den älteren Astrophysiker an und murmelte zunehmend besorgt:

„Glauben Sie: Glauben Sie, das wird Ihnen schaden, Sir?

Walter Lehman zuckte leicht mit den Schultern und murmelte:

„Es ist offensichtlich, Jerry. Bei der Montage Ihrer Labore haben wir sehr wertvolles Material verwendet. Hier werden Maschinen und Instrumente gebaut, die sie ... Sie genehmigen nicht!

„Sie, Herr?

„Klarer, Jerry. Der Vorstand des Saturn-Programms.

„Wer leitet das?

„Peter Masson, ein Mann, der bis jetzt ein guter Freund war und der nichts dagegen hatte, als ich ihn in den ersten Mitteilungen auf den neuesten Stand brachte. Natürlich sagte er mir, solange diese Arbeit das Programm nicht unterbreche, könne man in den Ruhestunden tun und lassen, was man wollte. Später... .

Jerry Kelly unterbrach diese Pause nicht und hörte ihm zu:

„Letzte Woche habe ich nach den Filterplatten gefragt, nach denen Sie gefragt haben. Anscheinend hatte das Mutterschiff dieses empfindliche Material nicht und forderte es wiederum von der Erde an. Sie wissen, dass die Dinge dort genauer betrachtet werden und dass das gesamte Saturn-Programm vom Wilder Institute genehmigt werden muss. Gut...

Neue Pause vor dem Ende:

„Anscheinend hat Charles Wilder geschrien, als er es herausfand. Zu diesem Zeitpunkt kommt eine Untersuchungskommission für den Fall hierher. Ich habe meine Position verloren!

Walter Lehman war schon viele Jahre alt, aber in diesem Moment wirkte er noch viel älter. Es war für niemanden ein Geheimnis, dass dieser Mann mehr als sein halbes Leben im Weltraum verbracht hatte. Als Pionier bei der Eroberung des Mars hatte er später am ersten direkten Kontakt mit Venus, Merkur und Jupiter teilgenommen. Genau auf dem Riesenplaneten hatte er den kostbaren „Einstein"-Preis erhalten, für ein gewisses revolutionäres System, das es ermöglichte, den Planeten mit einer Atmosphäre zu versehen: Durch das

Verbrennen gigantischer Gesteinsberge, des Sauerstoffs und des Wassers, den Jupiter gehabt hatte in der Antike wurden freigelassen.

Und jetzt, wo der entscheidende Schritt seiner hervorragenden Karriere vor dem Planeten Saturn stattfinden sollte ...

„Entschuldigung, Professor. Er hätte nie auf mich hören sollen!

„Bah! Mach dir keine Sorgen, Jerry. Tief im Inneren wollte er sich schon ausruhen. Ich werde in Kanada in einem Fluss Forellen fischen.

„Aber du hast dein ganzes Leben dem gewidmet...

"Das gibt es! Ich habe mein ganzes Leben der Eroberung des Weltraums gewidmet und sehnte mich danach, den Menschen zu helfen, zumindest das gesamte Sonnensystem zu beherrschen. Mein Traum war, dass ... Und ich gestehe, dass es immer noch ist! Ein alter Mann wie ich, mit so viel gesammelte Erfahrung, kann für nichts anderes nützen, aber wenn "sie" ...

Er hielt inne, als er sah, dass der junge Mann, der zuhörte, etwas sagen wollte. Jerry Kelly berücksichtigte in diesem Moment nur den Schaden, den Walter Lehman erleiden könnte und notierte:

„Ich kenne Herrn Charles Wilder, Professor, persönlich. Er war ein guter Freund meines Vaters, den er kennenlernte, als er einer der zwölf Weisen des Wilder Institutes wurde. Wenn ich vielleicht mit ihm reden könnte...

Der ältere Astrophysiker lächelte dankbar, aber fragend:

„Hast du Vertrauen zu diesem Mann, Jerry?

»Sehen Sie, Mr. Lehman ... Ich dachte einmal, ich wäre irgendwie mit ihm verbunden. Ihre Tochter Fanny Wilder ist diejenige, die ... ich wollte sie heiraten.

„Wow, Junge! So etwas wusste ich nicht. Und wie hat dir der mächtige Charles Wilder bei deinen Ermittlungen nicht geholfen?

„Er war immer dagegen, da mein Vater in ihnen gestorben ist. Sie wissen bereits, dass Charles Wilder ein sehr unternehmungslustiger Mann ist, der Menschen sehr gerne hilft. Sein Großvater hat das Wilder Institute gegründet, um der Wissenschaft zu helfen, und er folgt der

Familientradition, indem er es mit großen Summen ausstattet. Aber tausendmal sagte er mir, dass das, was mein Vater träumte, Unsinn sei. Akustik interessiert ihn nicht; Charles Wilder zieht es vor, den Namen des Instituts mit der Eroberung eines anderen Planeten in Verbindung zu bringen.

Jerry Kelly schien sich zu erinnern, als er fortfuhr:

„Wir haben uns in letzter Zeit auf mein Drängen hin gestritten. Vielleicht hat das meine Beziehung zu Ihrer Tochter und mir beeinflusst ... Nun, Herr Professor, ich habe mich, wie ich Ihnen bereits bei meiner Ankunft sagte, um diese Stelle beworben, um die Ermittlungen fortzusetzen. Der "Saturn XI" ist eine ideale Plattform, da er so weit von der Erde entfernt ist.

„Ich weiß deine Absicht zu schätzen, Jerry, aber jetzt ist es zu spät. Die Untersuchungskommission trifft ein. Ich dachte nicht, dass sie es angesichts des Berichts, den ich gesendet habe, taten. Darin beschrieb er alle Fortschritte in Ihrem Projekt und die großartigen Ergebnisse, die erzielt werden konnten. Ich habe mir viel Mühe gegeben, weil ich ... ich glaube fest an deinen Traum, Jerry!

Walter Lehman stand für seine Jahre sehr lebhaft auf, klammerte sich mit einer energischen Geste fest:

„Es ist mehr, Junge! Solange ich nicht offiziell von meinem Kommandoposten entbunden bin, wird niemand zerstören, was Sie auf dem Saturn XI zusammengetragen haben.

„Zerstören, sagen Sie, Mr. Lehman? „Wiederholt, alarmiert, der junge Akustikspezialist.

„Stimmt, Jerry. Vor Tagen habe ich den Auftrag erhalten, Ihr Labor zu demontieren, mit der Ausrede, dass all das verwendete Material für andere Funktionen angepasst werden kann. Ich wollte Ihnen nichts sagen, falls sich die Lage beruhigt, aber ... "seine Hand zeigte wieder auf den eingegangenen Auftrag." Siehst du!

„Sie scheinen ein besonderes Interesse daran zu haben, meine Untersuchungen zu behindern, Professor. Es ist absurd, dass, da wir es geschafft haben, all diese hervorragende Ausrüstung zusammenzustellen, jetzt ...

„Deshalb werde ich damit aufhören! Und wenn sie mich verarbeiten ... verarbeiten sie mich!

„Nein, Herr Lehman. Ich übernehme die Verantwortung für alles. Ich kann dich nicht lassen...

Jerry Kelly blieb stehen, als er den riesigen Radarschirm an der Rückwand des Büros aufleuchten sah. Die Koordinaten zeigten auf einen zunehmend sichtbaren Punkt, und nach Drücken des entsprechenden Knopfes auf dem Bedienfeld erkundigte sich Walter Lehman über das Visophon:

„Was ist, Gassmann?

Eine unpersönliche Stimme erreichte sie:

„Sir ... das Mutterschiff nähert sich. Er sagte, dass es beim Start des Fahrzeugs lokalisiert werden wird, in dem die Untersuchungskommission eintreffen wird.

„Gut, Gassman. Bestellen Sie, dass Plattform Nummer drei eingerichtet wird. Aber dieser verdammte Peter Masson könnte nahe kommen, anstatt all diese Herren zu schicken.

Dieselbe Stimme verkündete:

„General Masson hat gesagt, dass sie Vorräte zur Raumbasis 'Mercury' bringen sollen. Sie werden sich wieder am selben Ort befinden, um das Fahrzeug mit denen der Kommission zu erhalten und ...

„Lass es jetzt fallen, Gassman! „Hat den Verantwortlichen des „Saturn XI" gedrängt.

Und mit Ihnen, Herr.

Die Gegensprechanlage schnappte zu, als der Astrophysiker Jerry Kellys Blick begegnete und ausrief:

„Du hast gehört! Sie wollen keine Zeit verschwenden.

Dann drückte er einen anderen Knopf, und als sich eine der Tafeln des Büros öffnete, kommunizierte er mit seinen Assistenten, die im

Nebenzimmer blieben. Der zweite Verantwortliche der "Saturn XI" ging auf seinen Chef zu, und Walter Lehman verkündete:

„Du musst das Kommando übernehmen, Anthony. Ich werde diese hübschen Ringe von diesem verdammten Planeten zwei Stunden lang nicht mehr sehen.

„Kommen sie, Herr Professor?

„Ja, Anthony. Sie kommen!

Jerry Kelly fühlte sich überwältigt. Er war verwirrt und wusste nicht, was er dem Mann sagen sollte, der ihm half, an ihn glaubte und ihm sein Vertrauen entgegenbrachte, nachdem er nach mehr als einem halben Jahrhundert ständigen aktiven Dienstes seine großartige Karriere beendet hatte.

KAPITEL V

Ein großer, ungewöhnlich dünner Mann mit einem nervösen Tick, der den linken Winkel seiner dünnen Lippen verziehen ließ, verkündete:

„Ich bin Armstrong ... Roger Armstrong, der Leiter dieser Untersuchungskommission, Professor Lehman.

Walter Lehman betrachtete mit müden Augen die vier Personen, die der Mann mit der Fächerbewegung seiner Hand präsentierte, wobei er aus Höflichkeit den grauen Kopf leicht neigte. Jerry Kelly tat dasselbe, ebenso wie seine direktesten Mitarbeiter: der blonde Michel Sauet, der Herkuler Arthur Hadmond, der Elektronikingenieur Ramy Piccole, Billy Laughton und die anmutige Dr. Marlene Power.

Alle fühlten sich wie angeklagt, als sie weiterhin der etwas brüchigen und metallischen Stimme dieses Roger Armstrong lauschten, der fortfuhr:

„Unser Besuch ist sehr unangenehm, aber im Hinblick auf das, was Sie auf dem ‚Saturn XI' gemacht haben, sehr präzise. Sie dürfen, insbesondere Sie, Herr Professor Lehman, nicht vergessen haben, dass das Programm keine Änderungen oder ...

"Niemand hat etwas verändert, Mr. Armstrong", berichtigte auch die kalte Stimme des alten Astrophysikers. Die Analysen, Messungen und Erhebungen zum Saturn wurden im normalen Tempo fortgesetzt. Ich verlasse mich auf die Berichte, die Peter Masson von Zeit zu Zeit auf seinem Mutterschiff erhalten haben muss.

„Aber sie haben ernsthafte akustische Forschungen betrieben und diese Basis als Plattform für etwas verwendet, das nicht in der Show war.

„Ich bestehe darauf, Ihnen zu sagen, dass Ihr Chef, Peter Masson, davon wusste. Ich teilte es ihm mit, sobald ich entschieden hatte, dass Jerry Kelly um diese zusätzliche Arbeit bat, um seine Proben fortzusetzen.

„Lassen Sie mich Mr. Kelly persönlich daran erinnern, dass diese Versuche und Experimente am Wilder Institute durch den unglücklichen Tod seines Vaters unterbrochen wurden. Herr Charles Wilder selbst sagte ihm, dass ...

„Ich habe nicht geglaubt, dass das Wilder Institute meine Fortsetzung der Ermittlungen hier ablehnt", widersprach dem Vorgenannten.

„Siehst du, ja; Sobald Informationen über den Fall die Erde erreicht haben, haben wir einen Befehl erhalten, sie auszusetzen.

„Darf ich fragen, warum, Mr. Armstrong?

„Ihre Frage ist richtungsweisend, Mr. Kelly. Bei so wertvollem Material, das Sie verwenden mussten, sollten Sie wissen, dass dieser Verlust an sich schon eine schwere Straftat darstellt.

„Es ist kein Verlust. Irgendwann mal...

Roger Armstrongs dünne, extrem knochige Hand bewegte sich in der Luft, als er fing:

„Wenn Ihr Programm jemals genehmigt wird, werden ich und General Peter Masson die Ersten sein, die Ihnen gratulieren, Mr. Kelly. Aber jetzt müssen wir uns energisch dagegen stellen. Ihr gesamtes wertvolles Labor wird in das Fahrzeug, das Sie uns gebracht haben, gebracht, um es zum Mutterschiff von General Masson zu bringen.

Wieder winkte seine Hand, um sie daran zu hindern, seinen Atemzug auszunutzen, und warnte:

„Und Sie alle sind Ihrer Ämter enthoben, darunter natürlich auch Professor Walter Lehman, der hoffentlich nichts einzuwenden hat.

„Wenn es sich um überlegene Befehle handelt, muss ich sie annehmen, Mr. Armstrong.

„Das sind sie, Professor. Sie können die Unterschrift von General Masson selbst sehen. Ich weiß, dass er sein Freund ist, aber wenn er auch unter Druck gesetzt wird, wird er verstehen, dass unsere Pflicht ist ...

Er ließ die Worte hängen und Jerry Kelly wandte ein:

"Muss mein Labor abgebaut werden, Mr. Armstrong?"

„Völlig notwendig! Diese Kommission ist genau dafür ausgebildet, während sie gleichzeitig alle verwendeten Instrumente in ihrem angemessenen Maß schätzt. Ich verstehe, dass Sie viele Instrumente Ihrer eigenen Herstellung benötigt haben.

"So ist das. Es hat uns viel gekostet, sie zu entwerfen und noch mehr, sie zu erreichen. Denken Sie daran, dass die Rolle, die sie spielen sollen, noch nie versucht wurde Vor einigen Jahren waren die gegenwärtigen Techniken nicht verfügbar, und vielleicht konnte der arme Mann auch nicht so gute Mitarbeiter finden, wie ich das Glück hatte, zu finden.

Jerry Kelly sagte dies und deutete auf die fünf Männer und das blonde Mädchen, die neben ihm standen, die, obwohl sie den Besuchern ein strahlendes Lächeln schenkten, Roger Armstrong wie mit sichtbarer Befriedigung antworten hörte:

"Nun, schade, dass die ganze Arbeit, Mr. Kelly

Dann wandte er sich an die vier Männer, die ihn begleiteten, und befahl ihnen:

„Sie können beginnen. Ich möchte eine gute Bestandsaufnahme, die Stück für Stück akribisch detailliert ist.

Am selben Tag versammelten sich die Mitarbeiter von Jerry Kelly im Esszimmer, mit großem Ekel erfuhr er, dass nach der Inventarisierung alle seine Instrumente verpackt wurden, um sie zum Raumfahrzeug zu transportieren, mit dem sie auch selbst zum Mutterschiff aufbrachen .

Vehement und unfähig, sich länger zurückzuhalten, schlug der Herkuler Arthur Hadmond vor:

„Gibt es keine Möglichkeit, es zu stoppen, Jerry?

„Sei nicht ekelhaft!“, widersprach Michel Sauet. „Wie?

"Warum nicht?

„Weil wir nichts erwarten würden, Arthur“, beruhigte Jerry Kelly sie.

Auch teilweise zurückgetreten, meinte Marlene Power:

„In ein paar Tagen wartet das Mutterschiff auf uns. Wenn wir uns weigern, diese Geräte zu versenden und wir nicht gehen ...

„Denk keinen Unsinn mehr! Billy Laughton mischte sich ein. Das wäre ein Aufstand, und wir haben den armen Professor Lehman schon in ziemliche Schwierigkeiten gebracht.

Ramy Piccole hatte seit dem Abendessen nichts mehr gesagt, aber er gab sein Schweigen auf, als er sich erkundigte, und sah seine Freunde einen nach dem anderen an:

„Glaubst du, sie werden uns zur Erde schicken?

"Das wäre keine Strafe", meinte Arthur Hadmond.

Das Inkognito wurde am nächsten Tag gelöscht, als sein Partner, der die Schicht verließ, ihm bei der Übernahme des Postens, den Jerry Kelly unterschrieben hatte, wünschte:

„Du wirst viel Glück brauchen, Jerry. Bisher hat es noch keiner versucht!

Jerry Kelly ging, um die akustische Sondierungsmaschine einzuschalten, um die Schallwellen aufzunehmen, die von der Masse des Planeten Saturn kamen, als sie bei einer Anfrage unterbrochen wurde:

„Was meinst du, Sidney?

„Zu den Ringen. Du hast es nicht gehört?

„Ich komme jetzt aus meiner Kabine. Ich habe übrigens nicht viel geschlafen. Ich habe die Nacht damit verbracht, über unseren Transfer nachzudenken, möglicherweise zur Erde.

Sydney machte ein verwirrtes Gesicht, als sie wiederholte:

„Zur Erde? Aber wenn du zu den Ringen gehst! Captain Quiin hat es mir gesagt! Sie bereiten bereits Ihr Raumschiff vor.

„Wie sagt man Sydney?

„Stimmt, Jerry. Auf Bahnsteig Nummer fünf; Übrigens, ich weiß nicht, was all die Maschinen, die Marlene, Arthur und die anderen bauen lassen, für dich tun werden.

Noch erstaunter verließ Jerry Kelly seinen Posten mit der Frage:

„Kannst du noch ein paar Stunden weitermachen, Sydney? Ich möchte alles bestätigen, was Sie sagen. Ich muss mit Professor Lehman sprechen!

Sydney nahm ihre Position wieder auf und akzeptierte mitfühlend:

„Du kannst gehen, Jerry. Einem Kerl, der versucht, irgendwo in Saturns Ringen zu landen, kann ihm alles erlaubt werden. Es ist wie wenn man zum Tode verurteilt wird und...

„Willst du die Klappe halten, Sydney?

Minuten später war Jerry Kelly im Nervenzentrum dieses wunderbaren Stahlmechanikers, des künstlichen Satelliten "Saturn XI". Vor ihm stand wieder der betagte Professor Walter Lehman, der auf seine Fragen bestätigte:

„Stimmt, Jerry... versuchen wir es!

„Ich habe nichts einzuwenden, wenn ich ausgewählt wurde, Professor Lehman. Als ich diese Position annahm, wusste ich, womit ich mich konfrontierte. Aber ich würde gerne wissen, ob meine und auch deine Bezeichnung etwas mit dem anderen zu tun hat.

„Es muss so sein, Junge, denn zur Crew gehören Arthur, Michel, Ramy, Billy und auch ... Marlene Power!

Jerry Kelly zuckte fast zusammen, als er einen weiteren Schritt zum Tisch ging und rief:

"Sie auch?

„Ja, Jerry... Dieses arme Mädchen auch!

„Aber warum? Warum das alles, Mr. Lehman?

„Ich weiß es nicht, Sohn. Der Befehl kam direkt von General Peter Masson.

Hilflos schüttelte der junge Mann die Finger, als er ausrief:

„Nun ja, sein guter Freund Masson liebt ihn! Weißt du, was dich in den sicheren Tod schickt?

»Er muss seinerseits Befehle erhalten haben, Jerry.

„Warum hat Roger Armstrong überhaupt gesagt, dass er mit uns zurück zum Mutterschiff geht, mit diesen Jungs mit ihm und all den Instrumenten in meinem Labor?

„Er hat es auch so geglaubt. Die andere Bestellung ist später gekommen.

„Einverstanden! Ich weiß, dass Sie es eines oder anderen Tages versuchen mussten. Aber er hat mir nicht erklärt, warum genau wir sechs, die zu Captain Quiins Crew gehören, gehen müssen.

Jerry Kelly ging nervös im geräumigen Zimmer auf und ab, die Hände hinter dem Rücken verschränkt, während er angesichts des Schweigens des alten Mannes fortfuhr:

„Und noch viel weniger, erklären Sie mir, dass sie meine gesamte Ausrüstung auf Captain Quiins Raumschiff laden müssen. Was kann es da nützen, wenn wir nicht sicher sind, ob wir in diesen zum Scheitern verurteilten Ringen Kontakt aufnehmen können oder nicht?

Fast mit leiser Stimme stellte Walter Lehman fest:

„Wir werden es nicht schaffen, Jerry... Ich bin immer mehr davon überzeugt, dass sie keine solide Plattform bilden. Sie sind Basenkondensationen! Und giftige Gase!

„Ich gebe zu, dass eines Tages jemand kommen muss, um das zu bestätigen oder zu leugnen, Professor. Aber ich kann nicht glauben, dass unsere Ernennung ein "Zufall" war!

Der Astrophysiker stand langsam auf und sagte:

„Ich habe auch keine Angst vor dem Tod, Jerry. In meinem Alter, nachdem ich so viel gesehen und in vielen anderen Situationen gut abgeschnitten habe, zählt das nicht.

Seine Stimme wurde energischer und veränderte den Ton, als er ausrief:

„Aber es empört mich, dass sie uns dorthin schicken, als wollten sie ..., als wollten sie uns loswerden!

Jerry Kelly schwieg und respektierte die gedämpfte Wut seines Chefs. Er wusste, dass er ihm offen gesagt weiterhin alles präsentieren würde, was er dachte, und er war nicht überrascht, ihn hinzufügen zu hören:

„Was zum Teufel! Unser Verbrechen war nicht so schlimm. Was? Sind die Millionen, die wir für Instrumente, Material und Maschinen ausgegeben haben, mehr wert als unser Leben?

»So ist es nicht, Mr. Lehman. Die Tatsache, dass diese Instrumente auf Kapitän Quiins Schiff geladen werden, beweist es. Auch wenn sie unser Leben riskieren Wenn Sie den Weltraum erkunden, insbesondere das Unbekannte, wissen Sie besser als jeder andere, dass dies immer mit Risiken verbunden ist. Aber ... warum das alles tragen? Glauben Sie, dass wir einen idealen Ort zum Landen und Einleben finden werden, damit ich meine Forschung fortsetzen kann?

„Ich sagte, Jerry. Sie wollen uns all das loswerden!

„Aber ... wer, Professor? Ihr Freund, General Peter Masson?

„Ich weiß nicht ... ich bin verwirrt! Peter und ich hatten immer gute Freunde. Kaum zu glauben, dass der Auftrag von ihm kam!

„Haben Sie direkt mit General Masson kommuniziert, Sir?

„Das konnte ich nicht. Er hat die Bestellung per Code eingegeben, mit all seinen Sicherheitsanforderungen, aber sie haben mir gesagt, dass er nicht auf dem Mutterschiff ist. Es gibt eine Raumbasis, die Ihren Besuch erfordert.

Jerry Kelly schwieg, aber sein Verstand hörte nicht auf zu arbeiten. In wenigen Sekunden dachte er an viele Dinge. Auf der riskanten Reise, die er machen musste, auf der er begleitet wurde, auf seinen geliebten Instrumenten, die ihn viele Jahre Arbeit, Zähigkeit und Vorstellungskraft gekostet hatten.

Für jetzt, jetzt, wo sie sie endlich bekommen hatten ...

Laut sagte er nur:

"Arme Marlene! Er ist so jung ...

„Ihre Anwesenheit bei der Expedition sei gerechtfertigt, weil sie eine große Spezialistin für Kybernetik ist. Die Code-Anordnung von General Masson wies ausdrücklich darauf hin, dass sie aufgenommen werden sollte, falls wir dort einmal gezwungen waren, zu improvisieren. Dieses Mädchen ist sehr aufgeweckt und ...

Ohne wirklich zu wissen warum, wusste Jerry Kelly plötzlich:

„Und was sagen die Mitglieder dieser brandneuen Untersuchungskommission? Es hätte ihnen das Gefühl gegeben, auch auf dieser kleinen Reise mitzumachen!

"Roger Armstrong wurde weiß und seine Lippe begann zu zittern von diesem nervösen Tick, der ihn normalerweise zusammenziehen lässt", sagte der Astrophysiker etwas amüsant.

„Sind Sie auf etwas spezialisiert, Herr Lehman?

„Nein, aber die Bestellung zeigte an, dass sie sekundäre Häfen abdecken könnten. Schließlich sind sie alle Männer, die für das Leben im Weltraum gut ausgebildet sind.

Sie verstummten wieder, unterbrochen von Jerrys Stimme, die bestätigen wollte:

„Wann gehen wir, Herr Professor?

Walter Lehman hatte das seltsame und nervige Gefühl, dass er es war, der seine Freunde verurteilte, indem er darauf hinwies: mit leiser Stimme:

"Morgen früh als erstes, mein Sohn...

KAPITEL VI

Arthur Hadmond blickte durch das transparente Quarzfenster und sagte mit seiner lauten dröhnenden Stimme:

"Wer war der Narr, der zum Glanz des Himmels sang, zu seinem reinen "Blau", zu all diesen Kleinigkeiten?

"Es muss irgendein Dichter gewesen sein", stellte Michel Sauet widerstrebend klar.

„Nun, ich sehe es schwarz! Schwarz wie Bitumen! Besser noch, Leute. Wie ein Wolfsmaul!

„So ist es, Arthur. Ein Wolfsmaul, das uns verschlingen wird!

Alle Augen waren auf den gerichtet, der etwas gesagt hatte, das sie tief im Inneren gestanden oder nicht, dachten alle. Sie hatten darüber nachgedacht, seit Startplattform Nummer 5 fertig war und Captain Marty Quiins Raumschiff ins All schoss.

Der "Saturn XI" blieb zurück, bis er zu einem leuchtenden und leuchtenden Punkt wurde, als wäre er einer der zehn natürlichen Satelliten des unbekannten Planeten, dessen Nachbarschaft sie erkunden mussten.

Ramy Piccole erregte die Aufmerksamkeit seiner Kundschafterkollegen und protestierte nach der schweren Stille hinter seinen letzten Worten:

„Was ist los? Warum siehst du mich so an? Habe ich Unsinn gesagt?

„Das hast du, Ramy.

Nachdem er dies gesagt hatte, verließ Jerry Kelly seinen Platz, nachdem er die Gurte gelockert hatte, und näherte sich Marlene Power, um zu fragen:

„Wollen Sie mir helfen? Es wird notwendig sein, einige Modifikationen am Strahlungsmesser vorzunehmen. Ich sehe, dass die Zahl weiter steigt.

Widerstrebend dementierte die blonde Frau:

„Ich will nicht wirklich arbeiten, Jerry. Und wenn Sie es tun, um sie zu unterhalten und nicht auf Ramys schlechte Omen zu hören, machen Sie sich keine Mühe. Denke nicht, dass mich etwas, was ich sage, beeinflusst!

„Nun, für mich ja!" protestierte seinerseits Michel Sauet." Was für ein Idiot! Es ist nicht angenehm, dass Sie ständig daran erinnern, dass Sie sterben könnten.

„Kretin!" erwiderte der bereits erwähnte trocken, neben dem großen Arthur stehend, um ebenfalls nach draußen zu schauen.

Die Nerven wurden entfesselt und Michel Sauet riss sich schnell aus den Riemen, wurde von dem älteren Walter Lehman gestoppt, der riet:

„Warum versuchen nicht alle, ruhig zu bleiben? Oder werden sie mir erzählen, dass sie zum ersten Mal eine riskante Reise gemacht haben?

"Eine riskante Reise, nein, Professor", schnappte Ramy Piccole mürrisch. Aber mir wurde nie befohlen, Selbstmord zu begehen! Und du weißt, dass wir uns auflösen werden, wenn wir uns diesen verdammten Ringen nähern!

„Ich bin mir nicht sicher, Ramy. Das müssen Sie ausprobieren!

"Ach ja? Sind wir Versuchskaninchen? Warum gerade mit einem bemannten Schiff? Ich erinnere mich an die ersten Sondierungen von Jupiter ...

„Da ist es, Junge! "Er unterbrach ihn in der Hoffnung, ein Katalysator für die Nerven aller zu sein." Erinnerst du dich wirklich daran?

„Das kann man nicht so leicht vergessen, Herr Lehman. Komm schon ... Es scheint mir!

„Nun, Sie werden sich auch daran erinnern, dass wir alle dachten, als die ersten ferngesteuerten Schiffe verschickt wurden, sie würden nicht ankommen. Und sie sind angekommen!

„Das ist anders, Freund. Schauen Sie sich das Strahlungsmessgerät an! Glaubst du, dass die Nadel verrückt geworden ist?

Jerry Kelly bestand darauf und lud die Frau ein:

Komm, Marlene. Der Mechanismus kann falsch sein. Wir müssen es so programmieren, dass es größeren Einflüssen standhält. Es ist eine Frage der...

Das blonde Mädchen folgte ihm und rutschte die zentrale Treppe hinunter in die untere Ebene. Das von Captain Marty Quiin angeführte Raumschiff war nicht groß. Alles war vorhanden, um den Platz optimal zu nutzen, und obwohl die gesamte Crew ein halbes Jahr darin bleiben konnte, konnte nicht gesagt werden, dass ein halber Kubikmeter übrig blieb.

Im Erdgeschoss war der allgemeine Raum, und dort traf sie der unangenehme Roger Armstrong, der heraufkam und verkündete:

„Komm schon, Jerry. Ich möchte, dass du etwas siehst!

„Was ist los, Herr Armstrong? Bist du auch aufgeregt?

„Das muss es geben, glauben Sie mir.

Sie folgten ihm durch die engen Metallkorridore, bis sie das Lagerhaus erreichten. Als er all seine vollgepackten Instrumente dort aufgereiht sah, konnte Jerry Kelly nicht anders, als zu sagen:

„Schade! Bei all den Kosten, die uns der Bau gekostet hat, weiß ich nicht, was sie jetzt für uns tun werden!

Roger Armstrong näherte sich einem der Pakete, legte seine Hände darauf und verkündete:

„Gern geschehen, denn das sind nicht Ihre Jerry-Instrumente.

„Wie sagt man?" mischte sich Marlene ein, ebenso überrascht wie ihr junger Begleiter.

Was sie hören. Ich habe eines dieser Pakete geöffnet und überprüft. Jemand hat uns ausgetrickst! Und ich würde gerne wissen warum!

Fieberhaft begannen Jerry Kellys Hände, die wasserdichte Plane von den Bündeln zu reißen. Sie enthielten Werkzeuge, Computer, Zähler und alle möglichen Instrumente.

Aber sie waren es nicht, denen er mit so viel Mühe, Arbeit und Liebe befohlen hatte, seine Freunde aufzubauen!

Die großen blauen Augen der blonden Frau suchten seine und ihre Stimme fragte:

„Was meinst du, könnte das bedeuten, Jerry?

„Zuallererst ein Scherz, Marlene.

„Aber von wem?

„Das ist das Erste, was wir herausfinden müssen.

Roger Armstrong entblößte immer wieder die Verpackung und schrie fast hysterisch:

„Schau! Sieh dir das an! Es sind nutzlose Maschinen. Bei vielen fehlen Teile. Sie wurden anstelle ihrer Instrumente eingesetzt!

Dann, ruhiger, hörte er auf, von einem Paket zum anderen zu gehen und fügte hinzu:

„Ich bin aus Neugier hierher gekommen, und als ich mich an die Apparate erinnerte, die Sie mir auf der ‚Saturn XI' gezeigt hatten, sah ich, dass sie nicht Ihnen gehörten. Jemand hat sie auf Kapitän Quiins Schiff geladen, anstatt auf die anderen!

„Was bedeutet, dass Ihre noch auf dem „Saturn XI" sind", folgerte die Frau.

„Das ist es, Marlene. Aber wer könnte so etwas tun?

„Meine Frage ist: Und warum? sagte Roger Armstrong noch einmal.

Die drei schwiegen, während sie nachdachten. Schließlich dachte Jerry Kellys ausgesprochen männliche Stimme laut:

"Ich befürchte, dass...

„Was, Jerry? Sprich bitte!

„Ja, Marlene... Ich denke, das sollte ich, auch wenn es verrückt und monströs erscheint. Ich fange an, Details zu verknüpfen und sie führen mich zu diesem Schluss: "Jemand" will uns loswerden. Aus dem gesamten Team, das wir gebildet haben!

Er hielt inne, bevor er fortfuhr:

„Sie schicken uns in höherer Ordnung, um die Ringe des Saturn zu erforschen, weil sie hoffen, dass wir nicht zurückkehren!

„Aber deine Instrumente ...

"Gibt es! Sie haben uns glauben gemacht, dass der Auftrag auch sie beinhaltete und dass sie auf dieses Raumschiff geladen werden sollten ... Aber so ist es nicht! Was darauf hindeutet, dass sie sich noch in "Saturn XI" befinden ... Denn dass "jemand" interessiert ist.

Die knochige Hand des großen und dünnen Roger Armstrong wurde erhoben und warnte:

„Und warum haben sie uns in die Erkundung einbezogen? Ich war Vorsitzender der Untersuchungskommission, die ...

„Deswegen Mr. Armstrong!" Jerry hielt ihn auf." Sie und die vier Männer, die Sie begleiten, wussten auch etwas von dem, was ich vorhatte und auch ... Sie möchten auch, dass sie beseitigt werden!

„Wer, Jerry? Denken Sie an General Peter Masson, den Oberbefehlshaber des Mutterschiffs?

„Er hat dich geschickt, nicht wahr?

„Ja, aber General Masson war immer ein ehrlicher Mann, der zu so etwas nicht fähig war. Welches Interesse kann er daran haben...?

„Wenn wir diese selbstmörderische Erkundung fortsetzen, werden wir es nie herausfinden können. Ich werde mit Captain Quiin sprechen!

„Warte, Jerry! Willst du ihm sagen, dass er die Reise nicht fortsetzen soll?

„Genau, Freund!

„Aber das... das ist Befehlsverweigerung! Es ist so viel wie...

„Das rechtfertigt uns. Es gibt bereits eine Anomalie in unserer Expedition, und wir werden nicht warten, bis uns über Funk eine Entschuldigung gegeben wird. Wir werden zum "Saturn XI" zurückkehren, dort werden wir herausfinden, wer die Änderung vorgenommen hat.

„Es muss Louis Streisand gewesen sein! Er ist für das Be- und Entladen des „Saturn XI" zuständig! Wenn sie uns Vorräte und Material vom Mutterschiff schicken, empfängt er es, so wie Professor Lehman etwas an General Masson oder zur Erde schicken musste.

„Nun, dass Louis Streisand uns das erklären muss", sagte Jerry Kelly bestimmt.

„Es wird notwendig sein, mit den anderen zu sprechen, Jerry.

„Das werden wir, Marlene. Schließlich ist Professor Walter Lehman immer noch unser Chef.

* * *

Einer von Captain Marty Quiins Besatzungsmitgliedern näherte sich seinem Boss und musste ihm etwas leise ins Ohr geflüstert haben.

Kapitän Quiin sah alle Anwesenden an, schien Luft zu holen und verkündete schließlich:

„Freunde ... Es gibt mehr als nur einen Verpackungswechsel! Sergeant Evans hat mir gerade erzählt, dass sie bei einer gründlichen Durchsuchung des Lagerhauses ein "nettes" Gerät gefunden haben, mit dem wir jederzeit fliegen können.

Er sah Besorgnis und Überraschung in allen Gesichtern und richtete seinen Blick auf die blonde Frau, während er beruhigte:

„Sie sollten sich keine Sorgen machen. Meine Männer beginnen, diese kleine Atomladung zu zerlegen. Und ich hoffe, sie bekommen es!

Roger Armstrong begann sich zu bewegen, als würde ein dünner Aal aus dem Wasser gezogen. Die Kommentare begannen und die Stimme des Schiffskommandanten fragte erneut:

„Sei nicht sauer! Wenn wir ruhig handeln, können wir, denke ich, zu "Saturn XI" zurückkehren.

„Ist es schon entschieden, Captain? »Hat einer von Roger Armstrongs vier Begleitern gefragt.

Es war die Stimme des betagten Astrophysikers Walter Lehman, die antwortete:

„In Anbetracht all dessen werden wir die Exploration nicht fortsetzen. Ich trage die Verantwortung! Ich werde mich mit General Masson in Verbindung setzen und ...

„Darf ich, Herr Professor?

Walter Lehman richtete seine müden Augen auf Jerry Kellys Gesicht, der mit seinem Einverständnis fortfuhr:

„Es ist besser, es allein zu tun, Professor. Umsichtiger!

„Aber ist es so ... glauben Sie, Peter Masson kann ...?

„Wir können immer sagen, dass die Gegensprechanlage ausgefallen ist. Zurück auf "Saturn XI" wird Louis Streisand uns von der Veränderung dieser Pakete erzählen müssen ... und wie dieses "schöne Geschenk, das Captain Quiins Männer dort gefunden haben, in die Ladung gelangt ist!"

„Sie wollten uns verflüchtigen! rief Ramy Piccole aus

Er wandte sich sofort zu, als er Michel Sauet seinen Ausruf gab und ihn daran erinnerte:

„Hast du mich nicht einen Vogel mit bösen Vorzeichen genannt? Mal sehen, ob ich eine gute Nase habe!

"Bitte", fragte der Kommandant des Schiffes. Hört auf zu streiten. Ich bitte Sie alle, Ihren Platz einzunehmen und meine Crew das klären zu lassen.

Es war der große, herkulische Arthur Hadmond, der den Ausgang verließ und murmelte:

„Wenn ich herausfinde, wer der Verbrecher ist, der uns in die Hölle schicken wollte ..., werde ich ihn mit bloßen Händen erwürgen!

KAPITEL VII

Vor dem Start der ersten Umlaufbahn um "Saturn XI" kam der Befehl vom künstlichen Satelliten des Planeten an die Raumsonde von Captain Marty Quiin:

„Identifizieren Sie sich! Das ist "Saturn XI"! Identifizieren Sie sich!

Kapitän Quiin, der das Raumschiff bemannte, blickte zurück und begegnete den Blicken des Astrophysikers Walter Lehman und des jungen Jerry Kelly. Schließlich verband er die Gegensprechanlage und sendete:

"Das ist" Delta-5. "Das Schiff, das von Kapitän Marty Quiin kommandiert wird. Wir kehren zur Basis zurück! Landeerlaubnis.

Die Stimme erreichte sie perfekt hörbar und scharf:

"Bestritten! Sie haben eine Mission zu erfüllen. Sie sollten zehn Millionen Kilometer von hier entfernt sein!

Walter Lehman trat vor, und er antwortete:

"Gassman? Ich bin's, Walter Lehman. Ich habe Ihnen im Auftrag von General Peter Masson das Kommando über die "Saturn XI" gegeben ... Gut. Ich kehre zurück und übernehme wieder das Kommando über die "Saturn XI". Und wir landen! Wir brauchen Bahnsteig Nummer fünf, um in die Lage versetzt zu werden, ...

Eine Reihe von Störungen teilte ihnen mit, dass die Antwort mit den Schallwellen ihrer Botschaft kollidierte. Der Astrophysiker schwieg, um endlich einfangen zu können:

„Worum geht es hier, Professor Lehman? Ich habe eine Verantwortung und ich bestehe darauf, dass Sie ...

„Es ist ein Befehl, Gassman! Ein extremer Notfall!

„Guter Lehrer. Ich gebe den Befehl, dass Bahnsteig Nummer fünf aufgebaut wird.

Zwei Stunden später rutschte die Raumsonde von Captain Marty Quiin die gigantische Rampe hinunter, die sie in die Hangars der "Saturn XI" bringen sollte. Jeder hatte das Gefühl, dass dies wie "nach

Hause" gehen würde. In diesem gigantischen künstlichen Satelliten hatten sie mehr als ein Jahr verbracht und würden dort alle Annehmlichkeiten haben, auf die sie während dieser kurzen Erkundungsreise verzichten mussten.

Darüber hinaus waren sie alle begierig, die Ursachen zu erfahren, weil sie vorsätzlich und kriminell in den Tod geschickt worden waren.

Ein später zu rechtfertigender Tod, der behauptete, die Expedition zu den Ringen des Planeten Saturn sei gescheitert.

Marty Quiin führte das Manöver mit seinem gewohnten Können aus, als er plötzlich an den Kontrollen spürte, dass etwas nicht stimmte. Er warf einen schnellen Blick auf das Armaturenbrett und sah, dass die Rampe Nummer 5 vorzeitig zu schließen begann.

Das war absurd.

Niemand konnte auf der "Saturn XI" so ungeschickt sein, den Schließvorgang vor dem Ende des Manövers einzuleiten. Instinktiv startete Marty Quiin die Motoren und eilte ihm der Reihe nach voraus, um nicht vom Schließen dieser riesigen Rampe aus hartem Stahl mitgerissen zu werden, als wären sie ein Insekt.

Sie rutschten fast senkrecht die Rampe hinunter und der Aufprall war gewaltig. Das gewaltige Gewicht des Raumfahrzeugs zerstörte einen Teil der Hangars, tausend Funken entstanden aus den Kurzschlüssen und in einem davon brach ein Feuer aus.

Der automatische Alarm begann zu summen und in den Korridoren der "Saturn XI" herrschte Aktivität und Bewegung.

Und plötzlich riss das Schiff von Kapitän Marty Quiin auseinander, als ob eine gewaltige Kraft es auseinanderreißen würde ...

* * *

Das erste, was Jerry Kelly wieder sah, waren wunderschöne blaue Augen, die ihn anstarrten. Er war immer noch halb benommen, aber er glaubte in den Augen dieser Frau zu erahnen, Liebling; wenigstens sahen sie ihn mit unendlicher Süße an.

Er schaffte es, sich aufzusetzen und erkundigte sich verblüfft:

„Wo bin ich, Marlene?

„In der Krankenstation. Zum Glück hast du nur eine Gehirnerschütterung erlitten.

"Was ist passiert?

„Sie sagen, es habe einen Unfall gegeben.

Dann verkündete er leiser:

»Es hat mehr als zwanzig Tote gekostet, Jerry. Der arme Arthur, Michel und Ramy auch ...

„Und Professor Lehman?

„Es wird auch gepflegt. Es gibt mehr als dreißig Verletzte.

"So viele?

„Ja. Unter denen von uns, die zurückgekehrt sind, das Hangarpersonal und die Crew von Captain Quiin ... Viele bezweifeln, dass sie gerettet werden können. Ein Feuer brach aus und ... Es war schrecklich!

Jerry Kelly blieb sitzen, hauptsächlich um zu sehen, ob er sich bewegen konnte. Seine Pyjamajacke entblößte seinen breiten, behaarten Brustkorb und die blonde Frau fragte:

„Du darfst dich jetzt nicht bewegen, Jerry.

"Ich fühle mich gut. Ich möchte so schnell wie möglich reden | bei Professor Lehman und bei Gassman.

"Ich habe ihn gesehen; Ich habe dir alles erzählt, aber...

„Los, Marlene.

„Louis Streisand ist ebenfalls gestorben. Offenbar war er derjenige, der den Hebel betätigte, damit die Rampe Nummer fünf geschlossen wurde, bevor das Manöver beendet wurde. Womit er nicht hätte rechnen dürfen, war die schnelle Reaktion des armen Captain Quiin. Er zündete die Motoren und schaffte es, das Schiff hineinzuschieben. Aber im Kampf hat er auch ...

Jerry Kelly schwieg und Marlene Power berichtete weiter:

„Anscheinend ist einer der Motoren explodiert. Das Feuer breitete sich auf die Hangars aus und dieser Schurke ...

„Warum sollte Louis Streisand das alles tun?

„Wir können es nie mehr herausfinden. Gassman weiß nicht, warum er die Verpackung geändert hat, sodass die Crew andere Pakete auf Captain Quiins Schiff geladen hat, die Ihre Instrumente nicht enthielten.

„Also... bist du noch hier, Marlene?

Die blonde Frau schien zu zögern, bevor sie berichtete:

„Nein, Jerry ... Gassman sagt, dass während unserer Abwesenheit ein anderes Schiff der Mutter mit dem Befehl, sie wegzubringen, herangekommen ist.

"Wow! Das impliziert eine koordinierte Absprache. Sie schicken uns von "Saturn XI", laden andere Pakete auf das Schiff, das diese Erkundung durchführen muss, lassen meine Instrumente hier, und wenn sie uns in die Hölle glauben ... kommen andere und schafft sie weg!

„So war es, Jerry.

„Hat Gassman Ihnen im Auftrag von wem gesagt?

„Auf Befehl von General Peter Masson.

„Ich nehme an!

„Wirst du aufstehen?

„Ja, Marlene. Ich habe zu viel zu tun, um hier zu bleiben!

Eine Krankenschwester im weißen Kittel näherte sich und protestierte ebenfalls:

„Sie dürfen nicht aufstehen, Mr. Kelly. Der Arzt sagte, dass Sie ...

„Ich fühle mich gut, Miss. Wollt ihr zwei den Raum verlassen?

Eine halbe Stunde später fand Jerry Kelly am Kommandoposten der "Saturn XI" den betagten Astrophysiker Walter Lehman im Gespräch mit seinem Assistenten Gassman.

Lehman hatte seinen rechten Arm in einer Schlinge, mit einem Verband um den Kopf, der sein wildes graues Haar bedeckte. Er stand nicht auf, als er ihn eintreten sah, sondern sagte mit einem halben Lächeln:

„Schön, dich gut zu sehen, Jerry. Ich habe Gassman alles erklärt.

Jerry Kelly verspürte ein gewisses Unbehagen in seiner linken Seite, zweifellos davon, dass sein Körper dort getroffen wurde, als das Raumschiff explodierte. Aber er versuchte, sich selbst zu vergessen und wollte, auf die Gegensprechanlage zeigend, wissen:

„Haben Sie General Masson kontaktiert?

„Nein, Jerry ... ich habe mich daran erinnert, was du gesagt hast. Es ist klüger, auf eigene Faust zu handeln!

„Ich feiere es, Professor. Ich beginne zu vermuten, dass General Masson an all dem beteiligt ist.

„Es fällt mir schwer, es zu glauben, mein Sohn. Peter war immer ein guter Freund von mir!

„Ja... aber er hat ihn geschickt, um eine Expedition zu leiten, die zum Scheitern verurteilt war! Und nicht nur das, Herr Lehman. Jemand hat dort ein kriminelles Gerät aufgestellt, um uns zu atomisieren!

"Das ist alles unerklärlich", sprach Gassman.

„Die Fakten singen. Haben Sie etwas unternommen?

Gassman hatte das Kommando bereits an seinen alten Chef übergeben, antwortete aber:

„Ja: Die innere Sicherheitspolizei ermittelt.

„Mit Ergebnissen?

„Nicht bis jetzt; Alle Lagermitarbeiter behaupten, Louis Streisand habe ihnen befohlen, ihre Instrumente auf Kapitän Quiins Schiff zu laden. Aber anscheinend enthielten die Pakete andere.

Jerry Kelly sah ihn fragend an, während er sagte;

„Das wird nicht funktionieren, Gassman ... Nachdem wir die 'Saturn XI' verlassen haben, ist ein anderes Fahrzeug vom Mutterschiff hier angekommen. Und sie kamen mit dem Befehl, meine Geräte zu nehmen!

„Stimmt, aber... was könnte ich tun?

„Zumindest eine Sache. Untersuchen Sie, warum ihnen jemand das Wechselgeld gegeben hat!

Sichtlich erschöpft griff der ältere Walter Lehman ein:

„Du hättest noch einen machen können, Gassman: Wir haben gewarnt.

"Hey! Wollen sie mir jetzt etwas vorwerfen? Das wusste ich nicht...

Jerry Kellys Stimme war befehlend, als er sah, dass Gassman aufstand:

„Setzen Sie sich! Und wenn ich Professor Lehman wäre, würde ich anordnen, dass er festgehalten wird, bis dieser Schlamassel beseitigt ist.

"Halte mich auf?

„Ja, 'Freund' ... All diese Manipulationen beim Be- und Entladen wären ohne Ihr Wissen nicht möglich gewesen. Es ist sehr umständlich, mehr als fünf Tonnen Material zu verpacken, ganz zu schweigen davon, dass es praktisch unmöglich ist, eine kleine Atombombe wie die, die wir als "Geschenk" auf Kapitän Quiins Schiff gefunden haben, zu haben. Da Professor Lehman Ihnen das Kommando übergibt, war "Saturn XI" unter Ihrer Kontrolle, und Sie werden mir nicht sagen, dass Louis Streisand Zugang zu der Geheimabteilung hatte, in der diese Artefakte aufbewahrt werden, oder, Gassman?

„Ist das eine formelle Anschuldigung?

Nehmen Sie es wie Sie möchten. Sie haben schon immer die Stelle von Professor Walter Lehman besetzen wollen. Und das war eine ausgezeichnete Gelegenheit!

„Die Befehlsübertragung kam von einer höheren Ordnung. General Masson tat dasselbe.

„Das ist ein weiteres Problem, das wir lösen müssen.

„Planen Sie, wieder aus „Saturn XI" auszusteigen?

Wieder mit müder Stimme bestätigte Walter Lehman:

„Das werden wir, Gassmann. Ich werde das alles nicht über das Radio mit Peter klären. Ich muss ihn persönlich sprechen! Ich fürchte, diese ganze Verschwörung kommt von irgendwoher und ich möchte wissen, wie weit sie geht. Es sind viele Menschenleben verloren und viele mehr stehen auf dem Spiel!

Gassman kam endlich auf die Beine, bereits mit einer "Laser"-Strahlwaffe, die er heimlich in einer der Schubladen des Tisches durchsucht hatte. Sein Gesicht schien verklärt und er schrie sie an:

„Niemand wird hier rauskommen!

„Gassman! Dann ... Jerry hat Recht!

„Ja, du verrückter alter Mann. Aber sie werden nie wissen, woher die Schüsse kommen! Haben Sie jemals gedacht, dass Sie zu alt sind, um eine Position wie die, die Sie hatten, zu genießen? Was erstrebte er? Um das gesamte Sonnensystem zu erobern? Es war da, als das Mars- und Jupiter-Ding war. Jetzt bin ich dran! Ich habe hart gearbeitet, damit mein Name mit dem von Saturn verbunden ist. Und dieses Programm werde ich sein, der es vorantreibt!

„Sie sind geblendet von Ehrgeiz, Gassman... Sie haben viele Menschen ermordet!

„Nicht! Nicht das! Louis Streisand hat den Rampenunfall verursacht.

„Mit Ihrem Einverständnis! Vor dem ganzen Personal von «Saturn XI» würden Sie als unschuldig bleiben. Du hast uns erlaubt, näher zu kommen ... Aber in diese Falle zu tappen!

„Er kannte auch das ‚kleine Geschenk‘, das wir auf Captain Quiins Schiff mitnahmen", wandte Jerry Kelly ein.

„Einverstanden!" Habe es schließlich zugegeben." Deshalb kann ich mich um ein paar weitere Todesfälle nicht kümmern.

Und was wird er sagen? Was hat uns mit diesem "Lasser" hier aus der Bahn geworfen?

"Ich finde was" überzeugend. „Mach dir keine Sorgen, lieber Jerry!

„Du bist ein dreckiger Attentäter, Gassman! Jahrelang habe ich dir alles beigebracht, was ich wusste.

Gassman funkelte den alten Mann an und brüllte ihn an:

„Ja! Immer als Sekunde! Ich mache die ganze Arbeit, trage alles auf dem Kopf, erschöpfe mich immer, damit der Ruhm an dich geht. Hast du es nicht gemerkt?

»Ich gebe zu, ich habe Sie vielleicht überarbeitet, aber das ist kein Grund, mich so sehr zu hassen, Gassman.

„Ich hasse dich nicht, Mann. Es ist nur im Weg! Nach und nach hat er seine Funktionen an mich delegiert und das hat mich an den Befehl gewöhnt. Warum nicht ganz allein, ohne seinen Schatten? Ich kann nicht mehr mit Höschen umgehen, Herr Lehman, das habe ich jedem so gesagt!

„Ist das wegen Peter Massons Befehl? Haben Sie dem General gesagt, dass er hier nicht mehr das Kommando haben kann?

"Genau, alter Mann! Hast du dir Sorgen um Sprechanlagen gemacht? Ich habe auch mit der Erde über diese akustischen Untersuchungen gesprochen, die dein guter Freund Jerry dich hier zugestimmt hat. Besetzung,„ Genau das hat mich dazu gebracht, meine Augen zu öffnen! Missbrauch: Das Wilder Institute sollte davon wissen, dieses Zentrum trägt die gesamte Saturn-Programmierung und ...

„Mach weiter!" drängte Jerry Kelly, der so interessiert war, dass er die Todesdrohung vergaß, die über ihnen hing.

Aber Gassman grinste schief, als er gackerte:

"Ah, nein, Freund! Ich habe ihm gesagt, dass ich in die Hölle gehen würde, ohne etwas zu wissen. Du wirst nicht derjenige sein, der "The Voice of the Universe" zum Sprechen bringt! Es wird ein anderer sein! Ein anderer, viel mächtiger und mit mehr Rechten !

Und die mörderische Hand, die die tödliche Waffe führte, die auf ihr erstes Opfer zielte.

Jerry Kelly zweifelte nicht daran, dass er in diesem Moment sterben würde.

KAPITEL VIII

Deshalb dachte er, dass es am besten ist, wenn er stirbt, wenn er kämpft.

Er beugte seine Beine hart und warf sich über den Tisch auf seinen Rivalen, der ebenfalls in Aktion trat. Der "Laser"-Strahl schoss mit einem Klick aus der Waffe, der kurzzeitig das Büro beleuchtete. Der Lichtstrahl ging direkt dorthin, wo Jerry Kelly noch vor wenigen Sekunden gewesen war; aber dort stolperte es nicht über den Körper des Mannes, um ihn zu durchbohren und ihn mit seiner tödlichen Kraft zu versengen.

Gassman wurde am Hals gepackt, als eine weitere eiserne Pfote gegen das Handgelenk der bewaffneten Hand drückte. Ein zweites Klicken kündigte einen weiteren tödlichen Lichtstrahl an, aber auch diesmal traf der Lasser die Decke, metallisch wie der Boden.

Er hinterließ dort seine Spuren, als die Finger von Jerry Kellys rechter Hand tiefer und tiefer sanken, wahnsinnige Verzweiflung in diese Kehle. Angetrieben von seiner Raserei, immer bestrebt, einen so gefährlichen Feind außer Gefecht zu setzen, bemerkte er nicht, dass Gassman nicht mehr kämpfte und die Waffe fallen ließ. Sie hatten sich auf dem Boden des Büros gewälzt, in einem wirren Haufen von Körpern, Beinen und Armen.

Als er seine Hand zurückzog, verstand er, was er getan hatte.

Dieser verrückte und ehrgeizige Mörder lebte nicht mehr. Jerry Kelly hatte ihn erwürgt, indem er ihn mit dem gewaltigen Druck ihrer Finger gebrochen hatte, indem sie ihr ganzes Gewicht auf ihn, die winzigen Knochen seiner Kehle, fallen ließ.

Walter Lehman beugte sich über den Mann, der sein erster Assistent gewesen war, und murmelte:

„Er hat es verdient, Jerry... Es muss dir nicht leid tun, ihn getötet zu haben.

„Das einzige, was ich fühle, ist, dass ich nicht mehr sagen kann. Aber ich konnte nicht aufhören zu quetschen! Er hatte diese Waffe in der Hand und weißt du, was hätte passieren können, wenn einer von uns getroffen worden wäre.

Der ältere Astrophysiker blickte auf den Boden, wo das Metall wie Butter vom mächtigen Lasser-Strahl geschmolzen war. An der Decke war auch noch ein ähnliches Schild angebracht, das mit dem bandagierten Kopf noch immer zustimmende Zeichen machte und flüsterte:

„Vorsicht, wir Männer erfinden Dinge! Und viele von ihnen für das Böse!

Er ging um den umgekippten Tisch herum, drückte auf einen Knopf, und als das Gesicht der diensthabenden Schwester auf dem Visophon-Bildschirm erschien, befahl Walter Lehman:

„Sagen Sie Dr. Matthäus, er soll vorbeikommen, Miss. Ah! Und mit zwei Schwestern und einer Trage.

„Ja, Professor Lehman.

Die Kommunikation wurde unterbrochen und der Astrophysiker fragte den jungen Mann, dass ich ihn beobachtete:

„Kannst du die Reise mit mir machen, Jerry?

„Ja, Lehrer. Ich habe nur ein paar Beulen und blaue Flecken davongetragen. Wann werden wir zum Mutterschiff aufbrechen?

„Je früher, desto besser. Rabio für das Treffen mit Peter Masson!

* * *

Der künstliche Satellit "Saturn XI" war eine Streichholzschachtel im Vergleich zu den gigantischen Ausmaßen des Mutterschiffs.

Er war seit mehr als zwölf Jahren im aktiven Dienst und hatte keinen einzigen kleineren Zusammenbruch erlitten. Alle seine komplizierten Mechanismen funktionierten perfekt: seine Erbauer konnten zufrieden sein.

Und stolz darauf, dieses mechanische Wunder geschaffen zu haben, eine künstliche Welt, die von einem Planeten zum anderen reiste, wie eine echte Krankenschwester, die in der Lage ist, unzählige "Sauger" zu füttern, die sich in den entferntesten und launischsten Umlaufbahnen befinden.

Das Wilder Institute hatte verdiente Berühmtheit erlangt, nachdem die gigantische mobile Raumstation finanziert und gebaut worden war, die mehr als fünftausend Menschen aufnehmen konnte und die wiederum fünfzig Raumschiffe versorgte, die für die Verteilung der notwendigen Vorräte in der ganzen Welt verantwortlich waren. Sonnensystem.

Das Mutterschiff war das Zentrum eines unsichtbaren Spinnennetzes, das sich im Weltraum erstreckte, in dem das Kommen und Gehen der abfahrenden oder ankommenden Schiffe die Fäden der interplanetaren Reise in einer Konstante verflochten

Weben und Entweben dieser siderischen Kommunikationen der Menschen.

Die modernsten elektronischen Gehirne programmierten ohne einen einzigen Fehler diese Transfers der Raumschiffe von einem Ort zum anderen. Nicht das kleinste Detail wurde dem Zufall überlassen, alles lief auf die Zehntelsekunde, gesteuert von ihren Atomuhren. Jederzeit wusste man, was passieren würde: Im Mutterschiff durfte es keine Fehler geben, keine Fehler, nicht den kleinsten Fehler. So etwas würde bedeuten, dass ein auf sie zueilendes Schiff sie nicht am richtigen Ort finden würde. Oder umgekehrt: Wer von seiner Startrampe aus startete, musste improvisierte Touren machen.

Und es gab überhaupt keine Improvisation.

Die Männer seiner Mannschaft hatten sich in Maschinen verwandelt.

Menschliche Maschinen, die keine eigene Meinung mehr hatten, weil die anderen von ihm geschaffenen Maschinen sie ihnen aufdrängten. Computer, elektronische Gehirne, durch modernste und komplizierteste Kybernetik geschaffene Geräte.

Die Kybernetik ist vor allem insofern eine logische Wissenschaft, als sie rational analysiert, was es heißt zu regieren, ohne die Frage zu stellen, wer regiert oder wie regiert wird, da die Funktion des Regierens, des Regulierens von Maschinen erfüllt werden kann. , sofern sie in der Lage sind, Informationen über den Zustand eines Systems zu erfassen und aufgrund der erhaltenen Informationen Anordnungen für die spätere Ausrichtung des Systems vorzubereiten. Auf dieser Ebene erlaubt es eine umfassende theoretische Klassifikation von Systemen und Maschinen, wie sie der Mensch in seiner Vergangenheit noch nie vorgenommen hatte.

Die Kybernetik ist auch der Punkt, an dem wichtige Anwendungen gepaart werden, da aus ihren Schlussfolgerungen die Möglichkeit abgeleitet wird, alle Arten von steuernden und regulierenden Maschinen zu bauen und so die Aufgaben des Menschen ins Unendliche zu erleichtern.

In Bezug auf die Technik automatischer Kontrollsysteme wurde die Kybernetik als eine Kreuzungswissenschaft für ihre eigenen Schöpfer präsentiert, die allgemeine Vorstellungen in Bezug auf die Mechanismen entwickelt, die alle notwendigen Funktionen steuern und regulieren können. Dieser Ansatz bildete den Ausgangspunkt einer großen Bewegung, die zu einer wahren intellektuellen Revolution werden könnte, die die logische Analyse der Funktionen höherer Wesen und der Prozesse, die ihre künstliche Reproduktion ermöglichen, umfassen würde.

Vor diesem Hintergrund waren einige berühmte Kybernetiker der Meinung, dass soziale Phänomene, sofern sie aus dem Austausch von Informationen resultieren, mit den Methoden der Kybernetik untersucht werden könnten, die es uns erlauben würden, im Feld einer kühnen Antizipationsperspektive das Bild zu erahnen einer möglichen menschlichen Gesellschaft, die von Denk- und Regierungsmaschinen beherrscht wird.

Maschinen, die keinen einzigen Fehler aufwiesen.

General Peter Masson selbst war dieser von den Maschinen auferlegten eisernen Disziplin unterworfen, so dass er nicht aus seinem

Erstaunen erwachte, als sie vom Checkpoint aus mitteilten, dass sich ihnen ein Raumschiff nähere, dessen Fahrt nicht programmiert war.

Er war eine Weile verwirrt, bevor er bestellte

"Identifizieren Sie sich.

„Das haben Sie bereits getan, General Masson.

Woher kommt das? Ist es ein Notfall?

„Es kommt von ‚Saturn XI', Sir. Offenbar kommt ihr Freund, Professor Walter Lehman, hinein.

„Unmöglich! Walter muss sich inzwischen in der Nähe von Saturns Ringen befinden. Sie haben eine Mission erhalten!

„Wollen Sie selbst in den Kontrollraum kommen, Sir? „Einer seiner Assistenten hat ihn eingeladen.

Der massige General Peter Masson ließ sich mit seinem starren Gang lebendiger und elastischer Schritte von den in allen Gängen angebrachten Gleitbändern tragen. Er setzte seine eigenen Energien nur ein, wenn es unbedingt notwendig war und im Kontrollraum überprüfte er, was ihm gesagt wurde.

Er sprach direkt mit Walter Lehman, aber kein einziges freundliches Wort kam über diese ungewöhnliche Situation über seine Lippen. Peter Masson hielt sich immer an die Regeln und das Lesen des Fahrplans für diesen Tag deutete überhaupt nicht auf die unerwartete Ankunft dieses Schiffes hin.

Schließlich wandte er sich von der Gegensprechanlage ab, um vor einem riesigen Radarschirm zu stehen, auf dem schwache Lichtpunkte den Weltraumverkehr in einem Gebiet von zwanzig Millionen Kilometern anzeigten. Vor ihren Manipulationen begannen die Computer zu arbeiten, warfen Daten, Zahlen, Entfernungen, Fahrpläne und alle Operationen, die das Mutterschiff in den nächsten drei Tagen ausführen musste. Die kleinen Karten wurden von einer mechanischen Hand "gekehrt", die sie wiederum einer Datensynthese unterzog.

Peter Masson las die Zahlen und wandte sich an einen der Assistenten, der verkündete:

„Sagen Sie ihnen, dass sie das Mutterschiff 77 Stunden, 55 Minuten und 26 Sekunden lang nicht betreten können. Bis dahin sind alle Kontrollen automatisiert und keine der Landerampen würde funktionieren, um sie zu empfangen.

„Nun, Herr.

„Noch etwas: Sie müssen etwa sechstausend Meilen zurücklegen, um die anderen planmäßigen Ein- und Ausfahrten nicht zu unterbrechen. Sogar die Gegensprechanlage wird mit diesem Schiff unterbrochen. Wir können es uns nicht leisten, unsere Programmierung für sie eine Minute lang zu ändern!

Dann, wie ein Luxus in ihm, grübelte er leise, bevor er in sein Büro zurückkehrte.

„Entschuldigung! Sagen Sie es Professor Lehman.

"Jawohl.

* * *

Walter Lehman sah seine Freunde mutlos an und rief zusammenfassend aus:

"Das ist es!

Jerry Kelly spürte, wie Marlene Powers Finger seine Hand drückten und über seinen Körper fielen. Sie bildeten einen Kreis vor dem alten Astrophysiker, der mit bandagiertem Kopf und sogar mit dem Arm in einer Schlinge jeden Tag, der verstrich, Anzeichen von Erschöpfung zeigte.

Billy Laughton brach das Schweigen, indem er seine Freunde warnte und daran erinnerte:

„Wir haben nur noch drei Tage Sauerstoff, Lehrer. Wenn Sie sagten, dass wir etwa 80 Stunden im Orbit bleiben müssen, um die Zeit der Manöver zu berechnen, werden sie mir sagen, was wir in den verbleibenden 8 Stunden atmen werden.

"Daran habe ich schon gedacht, Billy", sagte der Alte. Und wir haben nur noch eine Lösung.

„Ja, natürlich, Herr Professor. Wirf einige von uns durch die Luke! Für mich können wir es dem Glück überlassen.

Billy Laughton stellte fest, dass Jerry Kellys Blick diesen Witz nicht akzeptierte. Er wusste sofort, warum sein Freund so ernst reagierte, als er den alten Astrophysiker sagen hörte:

„Ich bin nicht mehr viel wert und ich könnte ...

„Bitte, Professor Lehman! Es gibt noch eine andere Lösung", schnitt ihm das blonde Mädchen das Wort ab.

Alle Augen waren auf Marlene Power gerichtet, die sie nacheinander beobachtete, wie sie es vorschlug:

"Winterschlaf! Ich habe gehört, dass vor einigen Jahren eine ganze Besatzung gerettet wurde, indem sie die automatische Steuerung ihres Schiffes eingestellt und sich freiwillig ihr unterwarf. Es ist ein körperlicher Zustand, in dem man nicht atmet und ...

„Sprich nicht mehr, Marlene! Jerry entschied sich für alle.

„Dafür können wir Lose ziehen! "Billy Laughton bestand wieder darauf." Zumindest mag ich es überhaupt nicht, wie eine Leiche in einer Glasurne stecken zu bleiben. Was denken Sie?

Der Schiffskommandant war anwesend und brach sein Schweigen mit der Ankündigung:

„Ich werde mit den Männern meiner Crew sprechen. Ich denke, auf einige werde ich verzichten können und so haben wir mehr Sauerstoff.

Erst als er die Kabine verließ, protestierte er sichtlich aufgebracht:

„Ich weiß nicht, wann sie auf diesen Schiffen eine ständige Sauerstoffregeneration installieren werden! Es ist Zeit, sich zu entscheiden!

Dies war eines der vielen zu lösenden technischen Probleme, zumindest für normale Raumschiffe.

Der Mann hatte vieles erreicht. Aber er hatte noch so viel mehr zu erreichen.

Es ist Ihre ständige Aufgabe, die niemals endet.
Vielleicht, weil es die ständigen Gesetze des Lebens erfordern.

KAPITEL IX

General Peter Masson hörte Walter Lehman schweigend zu und unterbrach ihn kein einziges Mal.

Erst am Ende seiner langen Geschichte dementierte der Chef des Mutterschiffs:

„Hier wissen wir nichts über das Schiff, von dem Gassman ihm sagte, dass es in meinem Namen nach diesen akustischen Instrumenten suchte.

Der betagte Astrophysiker erkundigte sich verdutzt:

„Wie sagt man Peter?

"Du hast mich verstanden! Sie kennen meine konkreten Befehle: Sie sollten mit Jerry Kelly, Billy Laughton, Ramy Piccole, Michel Sauet, Arthur Hadmond und Marlene Power die Ringe des Saturn erkunden. Ich fügte hinzu, dass Roger Armstrong und seine Begleiter, die die Untersuchungskommission bildeten, Sie in Captain Marty Quiins Raumschiff begleiten sollten. Das war's!

Jerry Kelly kam aus seinem Schweigen und wagte es einzugreifen:

„Also meine wertvollen Instrumente... Sie wurden gestohlen!

„Das kann ich Ihnen nicht versichern, junger Mann", erwiderte General Masson. Ich habe auch keine Nachricht von einem Schiff, das nach Ihrer Abreise zu "Saturn XI" fährt.

„Gassman hat es so gemacht", erinnert sich Walter Lehman.

„Nach dem, was er uns erzählt hat, hat Gassman auch direkte Kommunikation mit der Erde", erwiderte der Akustikingenieur.

"Das ist alles zweitrangig, Jerry", fragte der verwundete alte Mann geduldig.

Er sah seinen Freund Peter Mason wieder direkt an und wollte es wissen und drängte ihn:

„Warum hast du uns zu den Ringen geschickt, Peter?

„Ich habe den Auftrag vom Wilder Institute erhalten. Sie sagten, dass diese Erkundung in der Saturn-Programmierung enthalten war.

„Stimmt! Aber warum gerade ich, wir? Ich meine Jerry, Marlene, Billy, Arthur ... Alle von uns, die auf die eine oder andere Weise an diesen akustischen Untersuchungen mitgewirkt haben!

„Sie wissen sehr gut, dass ich nie frage, warum die Bestellungen, die ich erhalte. Ich beschränke mich darauf, sie zu erfüllen.

„Ich weiß, Peter. Ich weiß! Nach und nach bist du geworden: ein Automat.

„Um eine Position wie meine zu leiten, muss ich es so machen.

„Und zählen Gefühle für dich nicht?

„Du hast mir nichts vorzuwerfen, Walter! Ich gebe zu, dass ich sehr traurig war, als ich sah, dass Sie einer von denen waren, die diese riskante Erkundung durchführen mussten, aber was konnte ich tun, wenn Ihre Ernennung vom Wilder Institute selbst kam?

„Entschuldigen Sie, Sir ...", wandte Jerry erneut ein. „Meinen Sie, dass es auf der Erde war, im Wilder Institute selbst, wo sie uns alle für diese Mission ausgewählt haben?

General Masson sah ihn angewidert an und bestätigte:

„Natürlich, junger Mann! Glaube nicht, dass ich es war!

Jerry Kelly schien ihn zu vergessen, um seine Freunde anzusehen, als er ausrief:

„Wir hätten es ahnen sollen! Es ist am Wilder Institute, wo es jemanden geben muss, der daran interessiert ist, dass ich meine Experimente nicht beenden kann. Hier wollen sie "Die Stimme des Universums" nicht hören.

„Die Stimme des Universums?" wiederholte General Masson fast wie ein Echo.

„Wir haben ihm diesen Namen gegeben", informierte ihn Jerry. Am besten geeignet, denn eines Tages wird es Realität. Obwohl sie meine Arbeit unterbrechen wollen!

„Es ist absurd zu glauben, dass das Wilder Institute seine Arbeit behindern will, wenn alle wissen, dass es die kühnste Forschung fördert. Herr Wilder selbst ist in die Wissenschaft verliebt.

„Ich weiß, General Masson", stimmte Jerry zu. Aber es sind viele Leute und viele hohe Beamte dort. Und mein Herz sagt mir, dass die Tiefschläge von dort kommen!

"Wir werden es herausfinden! "Der alte Astrophysiker hat es warm versprochen." Sobald Peter uns eines seiner Schiffe zur Verfügung stellt, werden wir zur Erde zurückkehren.

General Peter Masson schien seine starre und hermetische Männermaske wieder aufzusetzen und antwortete dem alten Freund scharf:

„Erwarte nicht, dass ich das tue, Walter. Hier ist alles programmiert!

„Ich weiß ... Aber du bist derjenige, der diese Programmierung macht!

„Sie erwarten, dass ich das ganze System ändere?

„Ich hoffe, dass die Verbrechen nicht ungestraft bleiben, mein Freund. Auf der "Saturn XI" sind mehr als zwanzig Männer gestorben und mehr als dreißig verwundet. Viele von ihnen werden sich nicht retten können: Sie erleiden schwere Verletzungen und Verbrennungen.

Jerry Kelly warf erneut ein, um den älteren Professor zu unterstützen:

„Außerdem, General Masson, ist es notwendig zu entlarven, wer die Fäden dieser Verschwörung zieht. Es besteht kein Zweifel, dass es sehr mächtig sein muss, um mehr als eine Milliarde Kilometer von der Erde entfernt die Fäden zu ziehen, und zwar mit ehrgeizigen Männern wie Gassman, Louis Streisand und anderen, die möglicherweise darauf warten, ihre Tiefschläge zu treffen.

„Ja, jung. Das stimmt! Der Raum muss frei von Kriminalität und geringen Zinsen sein. Nur so werden wir ihn eines Tages mit einer ständigen Arbeit voller Rechtschaffenheit vollständig erobern können.

Er hielt inne, sah den alten Freund an, und seine Züge wurden weniger starr, als er fortfuhr:

„Aber sie müssen warten, bis ich meine Berechnungen mache. Ich kann und darf die Bewegung von Ein- und Ausgängen nicht einfach so verändern! Wenn er es täte, würde niemand hier sein, um sich zu verstehen. Verstehe, dass ich eine Menge Verantwortung auf meinen Schultern trage! Die Crews von allen

die Raumschiffe, die in ihrem unaufhörlichen Kommen und Gehen ...

„Versuch es nicht mehr, Peter", flehte seinen Freund an. Wir übernehmen Sie und wir wissen, wie man wartet.

* * *

Marlene Power beobachtete das Treiben von einem der Gehwege, die einen langen Korridor entlangführten, und rief:

„Sie sehen aus wie Ameisen!

Jerry Kelly sah sich auch die Männer und Frauen an, die auf den Förderbändern entlang des Ganges trieben, und bestätigte:

„Ja, Marlene: Sie haben einen vierstündigen Arbeitstag, je nach Schicht. Aber sie arbeiten hart!

„Möchtest du hier stationiert werden, Jerry?

"Psch! Ich habe ein paar hübsche Gesichter gesehen, aber ...

„Oh!", protestierte sie und täuschte ihre Wut vor." Abgesehen davon, Mann.

„Nun nein, General Masson ist ein sehr starrer Mann. Zu viel für mein Temperament!

„Alle sprechen hoch von ihm.

„Ich denke, er muss ein guter Chef sein. Um ehrlich zu sein, ich glaube, ich vermisse die Erde bereits. Im gesamten Sonnensystem gibt es nichts wie unseren alten, aber geliebten Planeten!

„Das denke ich auch, Jerry. Der Raum erscheint mir kalt, ohne Landschaft und irgendwie eintönig.

„Wir sind Landwesen, Marlene. Wir werden unsere natürliche Umgebung vermissen.

"Es ist wahr! Ich war immer entsetzt über die Vorstellung, ein Kind außerhalb der Erde zu haben. Ich weiß es nicht, aber ... Diejenigen, die so geboren werden, sind meiner Meinung nach ganz anders als wir.

Jerry Kelly lehnte sich am Geländer und murmelte, ohne die Frau anzusehen:

"Gibt es die Möglichkeit zu heiraten, während Sie auf "Saturn XI" bestimmt waren?

Glauben Sie es oder nicht, ja. Ich wurde von vielen Männern umworben!

„Das ist natürlich. Du warst die Hübscheste dort.

„Soll ich das als Kompliment auffassen oder meinst du das wirklich? sagte die Frau noch kokett.

Jerry Kelly verteidigte sich mit der Antwort:

„Ich sagte dort, nicht hier.

Amüsiert sah er, wie sie angewidert schmollte und sich von der Höhe des Geländers, das diesen Korridor überblickte, festklammerte:

„Schau dir diese Brünette an! Sie ist sehr süß!

„Mein Sohn, mit diesen Minirock-Uniformen, die du trägst, ist jede Frau attraktiv. Ich weiß nicht, wie General Masson ihnen erlaubt, ...

„Magst du es nicht?

"Oh nein! Erschaffe die Ansicht so viel du willst, du Schlingel! Für mich...

Die blonde Frau wollte das Gespräch ändern und erkundigte sich abgelenkt:

„Wann glauben Sie, wird uns General Masson erlauben, zu gehen?

"Hängt von seinem glückseligen Zeitplan ab. Es tut nichts, ohne vorher ihre Computer zu konsultieren.

Jerry Kelly beugte sich noch immer über das Geländer, drehte aber den Kopf, als er ihre Hand auf seiner Schulter spürte. Marlene Powers große blaue Augen sahen traurig aus, als sie nachfragte, mit einem neuen Tonwechsel:

„Hast du keine Angst, dass dir etwas zustößt, wenn du auf der Erde ankommst, Jerry?

„Auf der 'Saturn XI', im Schiff des armen Captain Quiin, waren wir einem größeren Risiko ausgesetzt, und das ist hier möglich.

"Aber ich denke, wenn sich jemand sehr für Fuß interessiert, fahren Sie mit Ihren Ermittlungen nicht fort, da ...

„Beruhige dich, Marlene, das muss alles ein für alle Mal geklärt werden. Und auf der Erde können wir es tun. Die Behörden müssen den Bericht von Professor Lehman hören.

„Aber er ... er ...

„Er hat mir erzählt, dass es ihm in seinem Alter nichts ausmacht, seine Position zu verlieren. Er ist schon sehr müde! Und was das Material angeht, das er mir erlaubt hat ... ich glaube nicht, dass sie ihn dafür strafrechtlich verfolgen werden!

"Übrigens ... Wo denkst du werden all die Geräte sein, die wir bauen konnten?" Wer wird sie erzogen haben?

„Wenn Louis Streisand und Gassman tot sind, wird es sehr schwierig, das herauszufinden. Aber vielleicht werden wir das auch. Oder wir bauen andere!

Marlene Power lächelte schließlich und sagte:

„Du bist ein ausgezeichneter Freund, Jerry. Du bist immer kuschelig. Ich mag Männer, die nie aufgeben!

Er nahm ihre weiblichen Hände in seine und suchte ihre schönen blauen Augen, als er antwortete:

„Und ich liebe hübsche Blondinen wie dich, Marlene. Habe ich dir nie gesagt, dass du gefährlich attraktiv bist?

„Ich...?", protestierte sie, obwohl sie amüsiert war.

„Ja, du... wahnsinnig anzüglich!

„Mach keine Witze. Ich weiß genau, dass du immer noch in eine Frau verliebt bist.

Es war an ihm, ihn zu überraschen, es fast zu leugnen.

"Mich...?

„Ja, du...", erwiderte sie mit dem gleichen Tonfall, den Jerry Kelly zuvor benutzt hatte. Und ihr Name ist Fanny Wilder.

Jerry Kelly schrie erneut, um wieder das Kommen und Gehen der auf dem Mutterschiff postierten Männer und Frauen zu beobachten. Er schwieg, bevor er mit einem leichten Übergang in seiner Stimme fragte:

"Wer hat dir das gesagt?

„Eines Tages sprach ich mit Professor Lehman über Sie. Ich weiß, dass Sie sich für eine Stelle bei "Saturn XI" beworben haben, weil Sie sich über diese Frau geärgert haben.

„Das stimmt nicht, Marlene. Ich tat es, weil ich meine akustische Forschung fortsetzen wollte und es schien eine ausgezeichnete Plattform zu sein. Auf der anderen Seite ... ich war es leid, meine Projekte auf vielen Websites ohne Ergebnis zu präsentieren! Überall sagten sie mir, ich sei verrückt. So verrückt wie mein Vater!

Auch Marlene Power beugte sich über das Geländer und verlor ihren Blick am Ende des Korridors zu ihren Füßen, als sie ermutigte:

„Ich glaube nicht, dass du verrückt bist, Jerry ... Im Gegenteil!

Danke, Marlene. Du bist ein guter Freund!

Und die beiden schwiegen.

KAPITEL X

Auf der Startplattform, die Hand von General Peter Masson haltend, beharrte Walter Lehman:

„Ist es wichtig, Peter?

„Ist es. Absolut unentbehrlich, Walter! Und du solltest es nicht einmal wissen.

„Ja ... Aber wir möchten gerne zur Erde, ohne unsere Namen auf der Passagierliste.

„Sie gehen nicht als Passagiere. Ich habe dich in die Besatzung dieses Schiffes aufgenommen.

"Ist das gleiche. Ich fürchte, dass, bevor wir ankommen, "jemand" weiß, warum wir zurückkehren, und das könnte uns "überraschen" ... Und unangenehm!

„Hör auf, an eine Verschwörung zu denken, Walter. Das Wilder Institute kümmerte sich nur um eines: all das Material, das Sie diesem jungen Mann zum Aufbau seines teuren Labors überlassen haben. Es war, als sie das Veto einlegten. Nichts mehr!

„Ich kann nicht anders, Peter. Ich denke wie Jerry. Eine Sache hängt mit einer anderen zusammen.

„Aber was Sie von mir verlangen, ist nicht möglich. Sie können die Erde nicht betreten oder verlassen, ohne sich zu identifizieren! Wo würden wir enden? Welche Kontrolle könnte man so haben? Und ich bin verantwortlich für das gesamte Personal, das hier ankommt oder geht. Ich werde Ihre Abreise übertragen und ich glaube nicht, dass Ihnen bei Ihrer Ankunft etwas Schlimmes passieren wird. Du wirst sehen!

„Gott höre dich, Peter! Ich wünsche dir viel Glück in deiner Position.

„Du weißt, dass ich nicht an Glück glaube, weil du mich sehr gut kennst. In diesem Leben gibt es keine Belohnungen oder Strafen, die nicht eine Folge der Ergebnisse sind. Was ich logischerweise die Konsequenzen nenne.

„Wie auch immer, lass dich von jemandem beraten, der älter ist als du und dich gut liebt, Peter. Lassen Sie sich nicht auch von der Kybernetik beherrschen! Sei niemals eine Maschine!

Peter Masson lächelte seinerseits freundlich und empfahl:

„Und du hörst auf, ein reiner Sentimentalist zu sein. Jetzt haben Sie diese Gebühren auf sich! Wenn diese teuren Instrumente nirgendwo zu finden sind, fürchte ich, dass Sie ihre Kosten in irgendeiner Weise bezahlen müssen.

„Ich habe kein persönliches Vermögen. Ich habe mich nie um so eine triviale Sache gekümmert. Wenn sie es vermasseln, werde ich es mit Tagen im Gefängnis bezahlen.

„Sei nicht albern! Der weise Astrophysiker Walter Lehman, der es wagen würde, ihn anzuklagen? Du wirst, ja, einen schweren Verweis erleiden. Aber sonst nichts! Du musst schon hoch, Walter, der Fahrplan steht für ...

„Ich weiß! Ich weiß! Und kalte Computer schenken keine Sekunde. Auf Wiedersehen, guter Freund!

„Viel Glück, Walter!

* * *

In gewisser Weise war es schön, das Gefühl zu haben, auf den Planeten zurückzukehren, auf dem man geboren wurde.

Die alte und abgenutzte Erde, winzig im Vergleich zu anderen Planeten des Sonnensystems, konnte nicht einmal an Schönheit mithalten. Vom Weltraum aus gesehen war es blau: seltsam blau, für Laien ohne Erklärung.

Aber liebenswert freundlich und einladend.

Dort lebten und schufteten Milliarden von Wesen und träumten davon, eines Tages die fernen Sterne zu erreichen. Aber das war eher ein kollektiver Traum als ein individueller. Ein Traum, um ihre Macht, ihren Einfallsreichtum und die Fähigkeit ihrer Technologie und ihrer Wissenschaft als eine Rasse überlegener Wesen zu demonstrieren, da die meisten von ihnen an dem verbrauchten Planeten festhielten und ihre Tage dort beenden wollten.

Wieso den?

Der Grund war einfach: Sie waren auf der Erde geboren, dieser Planet war ihre erste Behausung und sie spürten seine Anziehungskraft.

In der Mitte der Route tauchte der Kommandant des Raumschiffs bei einer der Mahlzeiten vor ihnen auf und informierte sie mit direktem Blick auf den betagten Walter Lehman:

„Ich habe eine Nachricht erhalten. Wir suchen nicht länger nach einer Uranlieferung nach Alaska. Ich werde in der Sahara landen müssen, im World Research Center.

Bevor er dem Astrophysiker Zeit gab, etwas vehement zu sagen, wollte Jerry Kelly wissen:

„Wissen Sie, warum diese Änderung fällig ist, Commander?

„Wenn Sie fragen, werde ich Ihnen sagen, dass es mit Ihnen vier zusammenhängt.

Er bezog sich auf Walter Lehman, Jerry Kelly, Billy Laughton und die blonde Frau namens Marlene Power.

"Lass mich raten, Commander", fragte Jerry. Vielleicht kam der Auftrag vom Wilder Institute?

"Du hast es richtig! Es scheint, dass ich sie dorthin bringen muss.

Mit resignierter Miene seufzte Walter Lehman:

„Auf Wiedersehen Forelle! Ich werde in Kanada nicht mehr fischen können.

"Wir werden Hummer in der Wüste jagen müssen", sagte Billy Laughton.

„Bist du schon lange auf der Erde vermisst? „Wollte den Kommandanten des Schiffes wissen.

„Hübsch. Zumindest ich!" sagte der alte Mann.

„Nun, sie werden viele Veränderungen finden. Heute ist die Brücke, die San Francisco mit Tokio und eine andere von Chile nach Australien verbindet, fertig. Ein etwa hundert Kilometer breiter Kanal durchquert Afrika von Norden nach Süden und teilt den Kontinent fast in zwei Teile. Die große Wüste hat aufgehört zu sein und ist zu einem wahren Obstgarten geworden. Deshalb wurde dort das World Research Center installiert. Es hat eine Fläche, die größer ist als Frankreich: etwa 600.000 Quadratkilometer, mit Gebäuden von etwa siebenhundert Stockwerken. Es sind etwa zwei Millionen Wissenschaftler aus allen Bereichen des menschlichen Wissens zugeordnet, obwohl ...

„Ich vermute schon wieder?" wollte Jerry Kelly spielen.

„Ich sage es dir, Freund. Sie sind wie Gefangene!

„Ich habe es erraten, Commander!

"Es war einfach", spielte der Astronaut herunter. Sie müssen etwas sehr "Fettes" gemacht haben. Wieder einmal musste ich dort einige atomare Weisen mitnehmen. Deshalb weiß ich das, obwohl es natürlich "sicher" ist. Nicht innerhalb der Wände.

„Ah, aber ist dieses Zentrum von Mauern umgeben?

"Das ist richtig, Freund", antwortete der Kommandant auf die spöttische Frage von Billy Laughton. Sie alle leben dort, wie in einer eigenen Nation. Irgendwie müssen sie für ihre Verbrechen bezahlen ... Zum Glück wurden sie nicht auf die Kanäle des Mars geschickt! Das ist die Hölle!

„Kennst du ihn auch?

„Ja ... ich wurde dort geboren.

„Ich hätte es ahnen sollen", sagte Jerry erneut.

"Warum?

„Du hast ein bisschen grünliche Haut, mein Freund. Es ist charakteristisch!

Der Kommandant des Raumschiffs ging zur Tür der Kabine, beschloss, sie weiter essen zu lassen, und murmelte, bereits an der Tür, Jerry Kelly anblickend, mit einigem Vorwurf in der Stimme:

„Sehr lustig! Du bist sehr aufmerksam.

Als sie allein waren, flatterte Marlene Powers rechter Zeigefinger in Jerrys Gesicht, als würde er ihn daran erinnern:

„Ich habe es dir gesagt, Jerry. Nichts Gutes erwartet uns auf der Erde!

-Und was erwartete uns im «Saturn XI»? Wir haben das Richtige getan, Marlene. Wenn wir bei unserer Ankunft noch in diesem Weltforschungszentrum internieren, werden wir zumindest leben. Während...

"Jerry hat recht, Junge", mischte sich Walter Lehman ein. Außerdem wird uns wohl jemand zuhören. Wir haben möglicherweise ein Verbrechen begangen, indem wir Maschinen und Material unsachgemäß verwendet haben. Aber wir haben mehrere Verbrechen erlebt!

Billy Laughton sah den alten Mann an, der sein Chef auf dem Satelliten um den Planeten Saturn gewesen war und wollte nachsehen:

„Ich nehme an, Sie werden mächtige und einflussreiche Freunde haben, richtig, Professor?

„Hab sie, Billy! Und sie werden auf mich hören!

"Nun: Ich glaube nicht, dass sie uns den Kopf abschneiden werden", beendete der Elektrodynamiker seine Argumentation.

„Das werden sie nicht, Billy", beruhigte ihn Jerry. Es tut mir leid, dass ich dich in all das hineingezogen habe.

"Dummes Zeug!", protestierte der alte Mann. "Ihre Erfindung wird eines Tages Wirklichkeit werden und was mit uns passiert, ist nichts anderes als der Tribut, den wir dafür zahlen müssen. Jeder wissenschaftliche Fortschritt hat seinen eigenen Aufwand und sogar Opfer gekostet." .

Dann wollte er sich keine Sorgen mehr machen und fragte jovial:

„Wer ist bereit, mit mir seine Stärke beim Schach zu messen?

Marlene Power erkannte die edle Absicht des alten Mannes und stimmte zu:

„Ja, Professor Lehman! Und heute setze ich ihn schachmatt! Noch grimmiger grunzte Billy Laughton, der auf dem in die Kabinenwand eingebauten Sofa lag:

„Sie werden uns schachmatt setzen! Schau, was uns in die Wüste schickt! Yuck!

KAPITEL XI

Das Fahrzeug flog stofflich die breite Autobahn hinunter.

Es hatte keine Räder. Es glitt auf einer Luftschicht etwa zehn Zentimeter über dem Boden, seine Plattform bestand aus einer ionisierten Kunststoff-Luftmatratze, die in ihrem schnellen Gleiten die Antriebsgase geräuschlos entweichen ließ.

Am Astronomie, wo sie gelandet waren, wartete bereits eine Eskorte von zwanzig Soldaten auf sie, gekleidet in schneeweiße Uniformen und gut bewaffnet mit Laserkarabinern. Derjenige, der wie der Boss aussah, war vorausgegangen, und sobald sie durch die Luke stiegen, sagte er ihre Namen und bedeutete dann, dass sie bitte in dieses Fahrzeug einsteigen würden.

Es war notwendig zu gehorchen, obwohl Professor Walter Lehman fragte:

»Ich möchte Washington anrufen, Lieutenant.

„Sie werden es im World Research Center tun, Professor. Auf Sie wartet kein Geringerer als Mr. Charles Wilder.

Sie waren alle erstaunt und tauschten stumme Blicke zwischen ihnen aus. Jerry Kelly erinnerte sich an die Wärme, Sympathie und Freundschaft, die ihn zu dem Mann gebracht hatten, der fast sein Schwiegervater war, und beruhigte seine Freunde:

„Ich werde mit Mr. Wilder sprechen. Er war ein guter Freund meines Vaters und er hat mich auch sehr schätzen gelernt.

„Vielleicht wartet er mit seiner Tochter auf dich", kommentierte Marlene Power.

Während der Fahrt sprachen sie nicht viel, vertieft in das Panorama, das sich vor ihnen ausbreitete. Sie konnten nicht glauben, dass dies dieselbe Region war, die Jahrhunderte und Jahrhunderte lang die weite Wüste Sahara gewesen war.

Allerdings hatte das Wunder von Wissenschaft und Technik aus zehn Millionen Quadratkilometern einen wahren Obstgarten gemacht, in dem nicht das Gelb der verbrannten Sanddünen, sondern das Grün der üppigen Frühlingsvegetation die vorherrschende Farbe war.

Endlich konnten sie die ersten Gebäude aus Metall, Stahl und Glas und mit kühnen architektonischen Formen des Weltforschungszentrums ausmachen, die ihre Kuppeln in Höhen von mehr als einem Kilometer in den Himmel ragten.

"Es ist fantastisch!", rief Billy Laughton aus.

"Es ist immer noch ein riesiges Gefängnis", sagte die Frau.

Als der Leiter der Eskorte seine Kommentare hörte, sagte er:

„Sie irren sich, Fräulein. Viele von denen, die dort leben, sind glücklicher als die, die überhaupt frei sind.

Diese Mauern umgeben sechshunderttausend Quadratkilometer. Es ist eine ganze Nation!

Ja, eine Nation. Aber von Sklaven! ", bemerkte Marlene Power.

„Da haben Sie alles, Miss. Das einzige, was sie nicht tun können, ist rauszukommen.

„Und auf wessen Befehl halten Sie uns dort fest, Lieutenant? wollte Jerry Kelly wissen.

„Der Auftrag wurde mir von meinem Vorgesetzten erteilt. Kapitän Kraskessy. Ich weiß es nicht mehr!

Sie wussten, was sie erwartete, und waren nicht überrascht, als sie das rasende Fahrzeug an einer der Eingangstüren hielten. Diese Männer trugen auch sehr weiße Uniformen, ebenso wie die ihrer Eskorte.

Die Prozedur war einfach, obwohl die zwanzig Männer der Eskorte draußen blieben und die fünf Gefangenen von ebenso vielen Soldaten übernommen wurden, die sie zu einem majestätischen Gebäude führten, das wie ein erstklassiges Hotel aussah.

"Ich werde nach der Hochzeitssuite fragen", scherzte Billy Laughton.

Aber wohin sie gebracht wurden, ging er in ein Zimmer, wo bald, nachdem die neuen Soldaten draußen gelassen wurden, dichter grünlicher Rauch aus verschiedenen Öffnungen zu steigen begann. Der alte Walter Lehman saß resigniert auf dem Boden, als wolle er sich dort sterben lassen. Billy Laughton rannte von Wand zu Wand und hämmerte nutzlos gegen die fest verschlossene Tür.

Jerry Kelly suchte in dem dicken Rauch nach Marlene Powers Augen und die beiden umarmten sich instinktiv fest.

Zumindest würden sie mit dem angenehmen Gefühl sterben, ihre Liebe zu gestehen.

* * *

Charles Wilder war ein hochgewachsener, äußerst eleganter und gepflegter Mann, der, obwohl er über sechzig war, seine ganze Kraft bewahrte.

Jerry Kelly erkannte ihn sofort, als er ihn hinter dem monumentalen Schreibtisch sitzen sah, obwohl er den reichen und mächtigen Direktor des berühmten Wilder Institute schon lange nicht mehr gesehen hatte.

Die Hand des Mannes, der der Vater von Fanny Wilder war, machte eine einladende Geste:

„Setz dich, Jerry. Und sei willkommen!

Bevor er gehorchte, stumpfer Groll, besonders wegen der letzten Angst, die er empfunden hatte, salutierte der junge Mann:

„Danke, Herr Wilder. Aber kennst du schon den "angenehmen" Empfang, den sie uns bereitet haben?

„Natürlich, Junge. Das World Research Center ist nichts anderes als ... Wie würde ich es sagen? ... Ja: ein Kindergarten, aus dem unser Institut schöpft. Wenn hier eine neue Erfindung, eine neue Forschung oder ein Experiment gute Ergebnisse bringt, übernehmen wir sofort und geben ihr schließlich eine endgültige Form. Sie wissen, dass das

Wilder Institute, das mein Großvater gegründet hat, nicht aufhört, gute Siege zu erzielen!

„Wir wurden wie Kriminelle behandelt, Mr. Wilder!

„In gewisser Weise bist du es, lieber Jerry.

"Wie sagt man?

„Setz dich und ich erkläre es dir.

„Ich möchte von Ihnen hören, Sir.

„Siehst du, Jerry... Du warst immer so stur wie dein Vater. Er verlor sein Leben bei diesen Untersuchungen, die er durchführte, und er war ein guter Freund. Vielleicht mein bester Freund!

„Haben Sie mir deshalb immer Ihre Hilfe verweigert?

„Teilweise ja: Ich wollte nicht, dass dir dasselbe passiert. Aber du verschwandst mit deinen verrückten Ideen und deinem Wunsch, den Anfängen deines Vaters zu folgen. Und du bist zu weit gegangen, Junge! Nichts Geringeres als "Saturn XI", fünfzehnhundert Millionen Kilometer von hier entfernt!

„Ich habe die Stelle angenommen, da ich dort weiter recherchieren könnte.

„Und nach allem, was mir gesagt wurde, hast du es auch getan!

»So war es, Mr. Wilder. Professor Lehman ist ein ausgezeichneter Mensch und hat mir sehr geholfen.

„Ja! Ich weiß es schon! Mit den Mitteln und Material, die für das Saturn-Projekt programmiert wurden. Ist das nicht so?

„Leichte Kriminalität, Sir: vor allem, wenn ich im Begriff war, das zu erreichen, was der Menschheit so viel nützen kann.

Der elegante Charles Wilder legte amüsiert den Kopf schief, als er fragte:

„Glaubst du immer noch, dass das von großem Nutzen sein kann, Jerry?

"Warum nicht? Ich habe es oft besprochen. Und ich denke, wenn wir "Die Stimme des Universums" zu uns sprechen lassen können, wird alles mehr sein ...

Er blieb stehen, als er die Geste einer dieser gepflegten und gepflegten Hände sah, die ihren Besitzer sagen hörte:

„Ja, Jerry. Das wurde schon oft besprochen, deshalb werden wir es nicht noch einmal tun geschehen ist, obwohl ich Sie nicht von aller Verantwortung befreien konnte, habe ich es geschafft, eine Sonderbehandlung zu erhalten.

"Und meine Freunde?

Charles Wilder schien zu zögern, bevor er kommentierte:

"Nun ... Hier wird es ihnen gut gehen. Weißt du nicht, dass dies wie eine großartige Nation ist. Sie hat bereits mehr als zwei Millionen Einwohner!

„Sie meinen zwei Millionen Gefangene, Mr. Wilder

„Warum sie so nennen, wenn sie sich in diesem riesigen Gehege frei bewegen können? Das Weltforschungszentrum ist größer als Spanien. Alles hier ist modern, sauber, aus Glas und Stahl, Jerry. Transparente Kunststoffgebäude widerstehen Feuer und bilden hohe Berge aus riesigen Blöcken. Rotierende Plattformen, die Häuser und Fenster bauen, folgen dem Lauf der Sonne. Bewegende Straßen mit endlosen Gürteln, auf denen Sie ermüdungsfrei von einem Ort zum anderen gehen können. Lautlose Aufzüge, die Sie in über tausend Meter Höhe befördern oder in die Tiefen der Erde hinabfahren und Tausende von Arbeitern in die geheimsten Laboratorien erbrechen. Wissen Sie nicht, dass wir hier neue Lebensformen proben?

„Vielleicht die Art, wie der Mensch als Sklave leben kann, während er diese Bedingung bereitwillig akzeptiert, Mr. Wilder?

Der mächtige Finanzier und Industrielle lächelte und bürstete sich seinen gepflegten kleinen Schnurrbart, während er feierte:

„Du bist immer noch derselbe, Jerry! Du hast dich nicht verändert!

Jetzt, wo ich darüber nachdenke, Herr Wilder, habe ich das Gefühl, dass Sie sich verändert haben.

Er machte eine bewusste Pause, bevor er zu dem bald hinzufügte:

„Oder vielleicht war es schon immer so und ich habe es nicht gemerkt.

„Jerry, Junge. Wir werden nicht mit verletzenden Kommentaren vorrücken.

„Dann lassen wir es fallen und kommen zur Sache, Mr. Wilder. Warum stört es Sie so sehr, dass ich verstehe, was ich mir vorgenommen habe?

„Mich stören? Nein, mein Sohn, nein! Im Gegenteil!

„Nun, lassen Sie mich Ihnen sagen, dass Sie ein vages und nerviges Gefühl haben, dass Sie es waren ... Sie, die es verhindert haben!

Charles Wilder sprang auf und protestierte:

„Beschuldigst du mich etwas, Junge?

„Ich kann es nicht auf eine bestimmte Weise tun. Mir fehlen Daten, aber...

„Du musst nachbessern, Jerry. Ich habe alles herausgefunden, denn das ist natürlich so. Immerhin bin ich der Geschäftsführer des Wilder Instituts!

„Genau deshalb bin ich überrascht, nicht mehr Unterstützung von Ihnen zu bekommen.

„Du hast meine Unterstützung, Junge. Aber ich habe nicht geschrieben

Gesetze oder Satzungen. Was dir gestohlen wurde, ist viele Millionen wert ... Und deshalb haben sie dich hierher gebracht!

„Ohne Gerichtsverfahren, Sir? Kein Satz? Haben sich die Gesetze und das Gerechtigkeitsempfinden so sehr verändert, seit wir die Erde verlassen haben? Oder ist alles schon ein gigantisches Weltforschungszentrum geworden, in dem nur die Mächtigen wie Sie regieren, die wenigen Privilegierten, die nach Belieben leben können und marschieren, wohin sie wollen?

„Ich sagte, Jerry. Du bist gegen mich!

„Wie könnten wir nicht sein, wenn sie uns zwei Eskorten hierher gebracht haben, sie haben uns beobachtet, sie haben uns in einen Raum gesteckt und uns mit Rauch besprüht, mit der Angst, dass sie uns dort vergast haben?

"Aber Mann! Das sind gängige Messungen. Desinfektion muss überall gemacht werden.

„Seien Sie gewarnt, Herr Wilder!

Komm schon, komm schon, Junge! Es ist nicht wichtig.

"Er tut! Vor allem, wenn man Menschen nicht wie Maschinen behandeln will. Ja: Ich habe schon gesehen, dass, wie Sie hier sagen, alles ordentlich ist, alles sauber, alles hochmodern. Und natürlich alles rationalisiert, der Allmacht derjenigen unterworfen, die dieses gigantische Gefängnis regieren, die ihre Funktionen sogar an die elektronischen Gehirne delegieren werden, die diejenigen sein werden, die wirklich die Befehle erteilen ...

Jerry Kelly war aufgeregt und fuhr fort:

„Ja, Herr Wilder: Ich habe gesehen, dass alles an seinem Platz und alles in Ordnung ist. Jede Minute kontrolliert. Jede Aktion, zuvor programmiert. Ich wette, dass hier auch nichts improvisiert wird und die Menschen, die hier leben, wie die Maschinen, nie eine Entscheidung treffen werden, die nicht vorher vom Computer genehmigt wurde ... Zahlen, Zahlen, Zahlen und am Ende die Ergebnis. Ohne Protest! Ohne selbst etwas zu ändern! Die Persönlichkeit höherer Wesen, vergänglicher Wesen, vollständig annulliert! Es ist nicht so?

Charles Wilder hatte seine vorsichtigen Hände verschränkt und ihn zwischen Lächeln und Belustigung beobachtet, seine intelligenten und äußerst scharfsinnigen Augen leuchteten.

„Nun, das gefällt mir alles nicht! "Der junge Mann vor ihm hat am Ende geschrien." Und wenn es wahr ist, dass er mich in etwas schätzt, dass mein Vater sein bester Freund war ...

„Mach nicht weiter, Jerry... Meine Macht ist nicht so hoch. Ich kann dich hier nicht rausholen!

„Zumindest werden sie uns eine Frist setzen. Sie können uns nicht ewig hier halten. Wir haben kein Verbrechen begangen!

Charles Wilder blätterte behutsam einige Papiere vor sich durch und flüsterte leise, als würde er mit sich selbst sprechen, aber laut genug, um gehört zu werden.

„Also, vor allem ... ich habe erfahren, dass es bei all deinen unglücklichen Geschäften ziemlich viele Tote gab, richtig, Jerry?

Jerry Kelly sprang auf:

„Bitte, Herr Wilder! Verwechseln Sie die Dinge nicht. Diese Todesfälle ereigneten sich genau, als sie versuchten, uns zu eliminieren, da der hochexplosive Sprengstoff, der in unserem Raumschiff platziert war, entdeckt und zerlegt wurde.

„Okay, Jerry! Okay ... ich habe dir schon gesagt, dass ich den Bericht kurz gelesen habe. Wenn du das sagst, Junge...

„Da ist noch mehr, Sir. Werden sie diesen Gassman, diesen Louis Streisand nicht untersuchen und warum haben sie sich so verhalten? Wir wurden auf eine Selbstmordmission geschickt!

"Männer...! So viel, Jerry! Ich weiß nicht... Zum Glück sehe ich dich hier, gesund und stark und mit der gleichen Energie wie immer. Warum diese Aufregung?

„Ich habe es Ihnen gesagt, Sir. Ungerechtigkeiten revoltieren mich!

„Es ist nicht ganz der Fall, Sie hierher zu schicken. Denken Sie nach und übernehmen Sie edel eine gewisse Verantwortung. Und vor allem vertraue darauf, dass ich aufgrund dessen, was du für meine Tochter bedeutet hast und was dein Vater für mich war, dieses ganze Chaos bald in Ordnung bringen werde. Einschließlich deiner Freunde, ea! rief er am Ende aus, als ob er nachgeben würde.

Jerry Kelly hatte sich beruhigt und wurde interessiert, als er hörte, wie er die Frau zitierte, die er einst so sehr geliebt hatte:

„Wie geht es Fanny, ..?

"Nun gut! Sie wissen, dass es ihr nie an nichts gefehlt hat, sie reist, sie macht Kreuzfahrten, sie hat viele Freunde ... und sie verbringt ihr Leben in den teuersten Couturiers der Welt!

„Das ist ein gutes Zeichen, Mr. Wilder. Sie sind der Wille zu leben.

"Natürlich! Es ist lange her, dass er die Krise überwunden hat, als er sich von dir getrennt hat ...

"Ich bin froh.

Charles Wilder stand auf, rieb sich die Hände und beendete das Interview mit dem Schluss:

„Nun, Jerry: Wir haben vereinbart, dass ich in ein paar Wochen alles in Ordnung bringen werde. Im Moment werden sie dich gut einrichten und dein Aufenthalt hier wird nicht so unangenehm sein, solange du dich an die Regeln hältst Sehen Sie, dass sie überhaupt nicht streng sind!

„Ich werde alles zu schätzen wissen, was Sie für mich und meine Freunde tun, Mr. Wilder.

„Es spielt keine Rolle, Mann. Obwohl, ja, Junge. Sie müssen arbeiten, sich etwas widmen! Ihr seid alle Wissenschaftler und euer Gehirn ist viel wert. Womit möchten Sie Ihre Zeit verbringen?

„Das wissen Sie, Herr. Auf Akustik!

Charles Wilder schien die Stirn zu runzeln, stimmte aber sofort zu:

„Du wirst herausfinden, was dir gefällt, Jerry! Und mal sehen, ob es wahr ist, dass Sie uns eines Tages alle "Die Stimme des Universums" hören lassen!

„Ich krieg's, Mr. Wilder. Ich brauche nur die nötigen Mittel, so wie ich es schon bei "Saturn XI" erreicht hatte.

„Ich lasse sie dir diese Mittel zur Verfügung stellen, Junge. Dafür wurde dieses Weltforschungszentrum geschaffen. Keine Idee sollte verschwendet werden! Kein Gehirn sollte seine Früchte verderben lassen! Du wirst sehen!

Sie gingen zusammen aus und als sie sich trennten, versprach der kraftvolle und elegante Charles Wilder noch:

„Das Wilder Institute wird das erste sein, das Ihre Erfindung auf den Markt bringt!

KAPITEL XII

Charles Wilder zeigte, dass er sein Wort hielt.

Jerry Kelly wurde einer Werkstatt zugeteilt, in der er und seine Freunde außerhalb der kontrollierten Stunden für andere Aufgaben untersuchen konnten, was auf der so viele Hunderttausende von Kilometern entfernten "Saturn XI" unterbrochen wurde, in vollem Herzen war die trockene Sahara-Wüste.

Nur bekam er aus dem einen oder anderen Grund nicht das Material, das er brauchte.

So vergingen die Monate, in denen er sich zwangsweise an die Disziplin des World Research Centers gewöhnen musste, wo auch andere festgenommene Wissenschaftler in ihrer Forschung viel weiter vorankamen als er.

Der mächtige Charles Wilder war häufig dort, aber er geruhte nicht immer, den Mann willkommen zu heißen, der lange Zeit der Verlobte seiner Tochter gewesen war. Er tat es nur ein paar Mal, und das letzte Mal hatte er widerstrebend gesagt:

„Tut mir leid, Jerry. Ich habe viel Arbeit. Ich verspreche dir, dass ich mich um deine Angelegenheit kümmere.

"Herr. Wilder... Ich weiß, dass Sie das nicht tun werden!

"Was für ein Unsinn, Junge! Was passiert, ist, dass ich zu viele Dinge in meinem Kopf habe und mich nicht um alles kümmern kann. Jedes Mal, wenn ich dieses Zentrum besuche, muss ich einen guten Stapel Akten mitnehmen, um zu sehen, ob einer der Ergebnisse gefunden werden kann" nützlich für das Wilder Institut.

Er zeigte auf den Privatsekretär, der ihn immer begleitete, und deutete an:

Pass auf, Makensy. Wir müssen auf Jerry aufpassen. Und jetzt, wenn du mir erlaubst, Junge...

„Natürlich, Herr Wilder. Sie haben viel zu tun und die Erlaubnis, die sie mir erteilt haben, endet in wenigen Minuten. Ich werde dich nicht mehr stören!

„Es ist kein Ärger. Sie haben mir gesagt, dass Sie nach und nach Fortschritte machen und es geschafft haben, neue Geräte zu bauen, die ...

„Sie sind nicht sehr mächtig, Sir. So werde ich nie enden. Ich brauche hochempfindliche Antennen, gute Tonbandgeräte, richtige Filter und vieles mehr!

„Was ist los? Sie liefern nicht alles, wonach Sie fragen?

„Das tun sie nie! Wenn eines nicht fehlt, ist es ein anderes. Mir geht es aber genauso!

Von der Tür aus verkündete er, bevor er sich verabschiedete:

„Wir akklimatisieren uns, Mr. Wilder. Mach dir keine Sorgen! Ich denke, eines Tages werden Marlene und ich heiraten und für immer hier bleiben.

„Ich habe dir aber schon gesagt, dass es nicht so schlimm ist... Natürlich hole ich dich raus!

Charles Wilder blätterte abwesend in Dokumenten, ohne zu sehen, dass Jerry Kelly das Büro verlassen hatte. Als er den Kopf hob und seine Privatsekretärin ansah, eine lebenslange Freundin von ihm, erkundigte er sich:

„Ist dieser Narr schon weg, Makensy?

„Ja, Charles. Warum beenden Sie diese Komödie nicht sofort?

"Wofür? Im Grunde amüsiert es mich. Es ist immer praktisch, als guter Mensch und Behörden durchzugehen. Das Zentrum sieht mich gerne besorgt um einen der Internierten.

„Vielleicht möchten sie wissen, dass Sie ihn loswerden wollten, wie Sie es bei seinem Vater getan haben.

Charles Wilder erschrak nervös und tadelte:

„Willst du den Mund halten? Ich rede nicht gerne darüber. Ich musste Jerrys Vater töten, weil er unverschämt mit mir war, mit der

Tatsache, dass wir Freunde waren, hat er mich nicht respektiert und tat, was er wollte Institut, das mein Großvater gegründet hat, er war besessen von seinen akustischen Gesetzen und ich mochte diese Untersuchungen nicht.

"Nimm! An jeden! Wenn er Erfolg hat, könnte er die Schallwellen vieler Ihrer Gespräche "jagen" und ... Auf Wiedersehen von dem großen und mächtigen Charles Wilder!

„Du kannst auch nicht sprechen, Makensy. Sie haben auch viel zu verbergen!

„Weniger als du, Charles. Du bist höher geworden!

„Werden wir uns jetzt unsere schmutzige Wäsche ins Gesicht werfen?

„Nein, Charles. Aber das mag ich nicht, außerdem machst du dich über diesen Jungen lustig.

„Was soll ich tun? Ich habe ihn mit seinen Freunden in die Expedition zu den Ringen des Saturn aufgenommen, nachdem ich die Informationen von Gassman erhalten hatte. Dieser Junge ist sehr schlau und ging weiter als sein Vater. Er ging zu „ Saturn XI" und dieser alte Idiot Walter Lehman hat ihm alles gegeben, was ich ihm immer verweigert hatte. Er baute seine teuflischen Geräte und hätte seine Erfindung Wirklichkeit werden lassen. Er hatte schon oft mit mir über ihn gesprochen und ich sage dir das sowas erreicht werden können. Das sind feste Gesetze der Akustik, Makensy! Unveränderliche Gesetze!

„Haben Sie deshalb auch versucht, ihn zu eliminieren?

„Und an alle seine Mitarbeiter! Für Männer wie dich und mich ist die Welt so in Ordnung. Kein Fehler macht uns, dass unsere Worte eines Tages „gejagt werden, als wären sie Schmetterlinge und diejenigen, die sie nicht mehr hören sollten. Meinst du nicht?

„Ja, aber du hast gesehen, dass sie gerettet wurden.

„Wegen der Gier des dummen Luis Streisand. Ich wollte die Instrumente behalten und packte andere ein, was dazu führte, dass die Täuschung entdeckt wurde.

„Haben Sie nicht auch ein Atomgerät auf dem Schiff platziert?

„Ja, aber ich sage Ihnen, sie haben es herausgefunden und sind zurückgekommen. Dann, zurück auf dem Mutterschiff, was konnte ich tun? Es war nicht angebracht, noch mehr Verdacht zu schöpfen: General Peter Masson regiert dort und er ist ein sehr aufrichtiger Mensch.

Charles Wilder ging durch das geräumige Büro, die gepflegten Hände auf dem Rücken verschränkt, bevor er seinen Assistenten ansah und fortfuhr:

„Hier sind sie gut. Wenn wir keine Anklage beim Wilder Institute erheben. Sie werden hier nie rauskommen! Sie können mich nicht stören.

Stille herrschte zwischen den beiden, bevor Makensy sagte:

"Charles ... Wäre es nicht besser, noch einen 'Unfall' zu verursachen? Wenn der Vater verbrannt wurde, wie alle glauben, als er seine Erfindung recherchierte, könnte dem Sohn das gleiche passieren, meinst du nicht? ?

„Ich werde dir etwas sagen, Makensy... Du musst Jerry Kelly nicht so sehr hassen. Irgendwann wird meine Tochter aufhören, an ihn zu denken, und du kannst sie heiraten. Warum uns noch mehr komplizieren?

„Und ich werde offen mit Ihnen sprechen, Charles. Ich habe das Warten satt! Fanny liebt dieses Genie immer noch ... Und Jerry Kelly könnte eines Tages hier rauskommen!

"Glaube es nicht.

„Was ist mit den Behörden in diesem Zentrum? Von Zeit zu Zeit gibt es Berichte über die Ursachen und die Kriminalität dieser Männer ist nicht so sehr. Mit ein paar Jahren...

„Ich sage nein! Ich kümmere mich darum. Dieser Junge, von dem Sie gerade gehört haben, dass er am Ende das Mädchen heiraten wird, das mit ihnen gekommen ist. Hier können sie glücklich leben und alles vergessen. Viele tun es!

„Männer wie Jerry passen nie in dieses Leben. Es wäre besser, mit ihm fertig zu werden! Was ist, wenn er eines Tages alles Material bekommt, das er braucht? Können Sie sich denjenigen vorstellen, der "Jagd" bilden würde, während er all die Worte sagt, die im Raum schweben?

„Sie geben ihm nie das genaue Material. Ich habe es bestellt!

Was ist, wenn es ihm gelingt?

„Schon okay! Mach was du willst, Makensy. Es liegt an dir!

„Danke, Charles... Aber ich möchte, dass Fanny weiß, dass sie irgendwo gestorben ist! Sie müssen mich verstehen.

„Akzeptierter Freund. Aber tu dein Bestes. Ich will keinen Ärger!

"Keine Sorge ... ich habe bereits Erfahrung damit," zufällige Unfälle zu verursachen. "

* * *

Die Erfahrung, mit der Makensy diesmal vor seinem Chef und Freund geprahlt hatte, nützte ihm nichts.

Am selben Nachmittag wurden er und Charles Wilder von denselben Behörden im World Research Center festgenommen, wo die beiden bis zu diesem Tag zu den Leuten gehörten, die am meisten herumkommandierten.

Aber sie wurden vor unwiderlegbaren Beweisen festgenommen.

"Die Stimme des Universums" hatte gesprochen!

Jerry Kelly konnte ein Tonband des Gesprächs präsentieren, das die beiden Männer in seinem monumentalen Büro im dreihundertvierzehnten Stock und mehr als fünf Kilometer von der experimentellen Werkstatt des Akustikingenieurs geführt hatten ... runter" das! Gespräch mit einem rudimentären Team, das er selbst aufgebaut hat, trotz der Verweigerung bestimmter Teile des benötigten Materials!

"Ich habe den Mangel an Mitteln mit Einfallsreichtum wettgemacht", stellte Jerry Kelly klar.

„Aber dann ... ist Ihre Erfindung eine Tatsache?

„Es wird sein, wenn es ausgefeilter ist und verwendet werden kann, um Schallwellen zu ‚jagen', die sich seit Jahrhunderten im Weltraum ausbreiten. In diesem Fall war ich in der Lage, dies zu tun, weil ich die genauesten Daten hatte. Ort, an dem ich Herrn Wilder verlassen hatte, genaue Zeit, Situation, Umgebungstemperatur und einige andere Dinge, die ich leicht berechnen konnte.

Er nahm sie mit in seine rudimentäre Werkstatt und zeigte ihnen seine Instrumente, indem er erweiterte:

„Die Entfernung war kurz und diese einfachen Antennen konnten die Schallvibrationen aus diesem Gebäude aufnehmen. Die Filter wählten alle Geräusche aus, nuancierten sie und eliminierten diejenigen, die mich nicht interessierten ... Der Rest war einfach!

„Haben Sie Mr. Wilder verdächtigt?

Jerry Kelly sagte aufrichtig:

„Ich hätte nie gedacht, dass er meinen Vater ermordet hat, aber ich hatte den Verdacht, dass er aus irgendeinem Grund nicht wollte, dass meine Ermittlungen erfolgreich waren. Von dort aus, um alles zu erzählen, was auf "Saturn XI" passiert ist, gab es einen Schritt, den ich schließlich tat, als ich bemerkte, dass er seine Versprechen immer noch nicht erfüllte ...

„Er ist ein sehr einflussreicher Mann, aber vor dieser Prüfung ... Sie haben keine Verteidigungsmöglichkeit! Was Sie erreicht haben, ist einfach wunderbar. Nichts Geringeres, als alles zurückzunehmen, worüber Männer reden!

„Nicht alles, was sie sprechen, sondern das, was vergangene Generationen gesprochen haben.

"Wirklich fantastisch!

„Stimmt ... aber sehr zart!

"Genau!

„Allerdings lohnt es sich weiter zu kämpfen, um dieses Ziel vollständig zu erreichen. Denken Sie daran, dass, so wie Charles Wilder und dieser Schurke Makensy ihre Strafe erhalten, das gleiche auf alle Schuldigen wartet, da alle geheimen kriminellen Verschwörungen aufgedeckt werden können.

„Dann wird es keine Geheimnisse geben, denn das Universum wird sprechen!

* * *

Was Charles Wilder richtig machte, war, als er sagte, dass das Institut, das sein Großvater gegründet hatte, die Forschungs- und Montagekosten für das finanzieren würde, was jeder jetzt Jerry Kellys "Erfindung" nannte.

Es gab zwar noch viel zu tun, aber die folgenden Tests, die er durchführte, sorgten für den Erfolg.

Ein künstlicher Satellit wurde um den letzten Planeten des Sonnensystems geschickt, so dass er während seiner Umlaufbahn um Pluto als ideale Plattform dienen würde, von der aus die seltsamen akustischen Instrumente beginnen konnten, die Klänge zu "jagen".

Und der neue Satellit hieß "Die Stimme des Universums".

Jerry Kelly wurde mit dem neuen beauftragt

Einfallsreichtum des Mannes, während Dr. Marlene Power seine Frau und seine treueste Mitarbeiterin wurde.

Und dort, in den Grenzen des Sonnensystems, konnten sie beim Blick in den Hyperraum, den sie erforschen mussten, um ihre Träume zu verwirklichen, die Wahrheit ihrer Liebe genießen, die so viele schwierige Prüfungen gerettet hatten.

Sie waren in die Wahrheit verliebt.

Die absolute Wahrheit, die sie eines Tages der ganzen Welt als gefährliches Geschenk anbieten könnten ...

Es blieb nur noch zu wissen, ob der Mensch der schwierigen Prüfung standhalten würde, als "Die Stimme des Universums" zu sprechen begann ...

ENDE